僕たち、私たちは、
『本気の勉強』
がしたい。

月森灯
Akari Tsukimori
昼間はずっと眠っている『深窓の眠り姫』。
以来すべてのテストで学年一位を獲得している。

夜の教室にて

僕たち、私たちは、『本気の勉強』がしたい。

庵田定夏

MF文庫J

口絵・本文イラスト●ニリツ

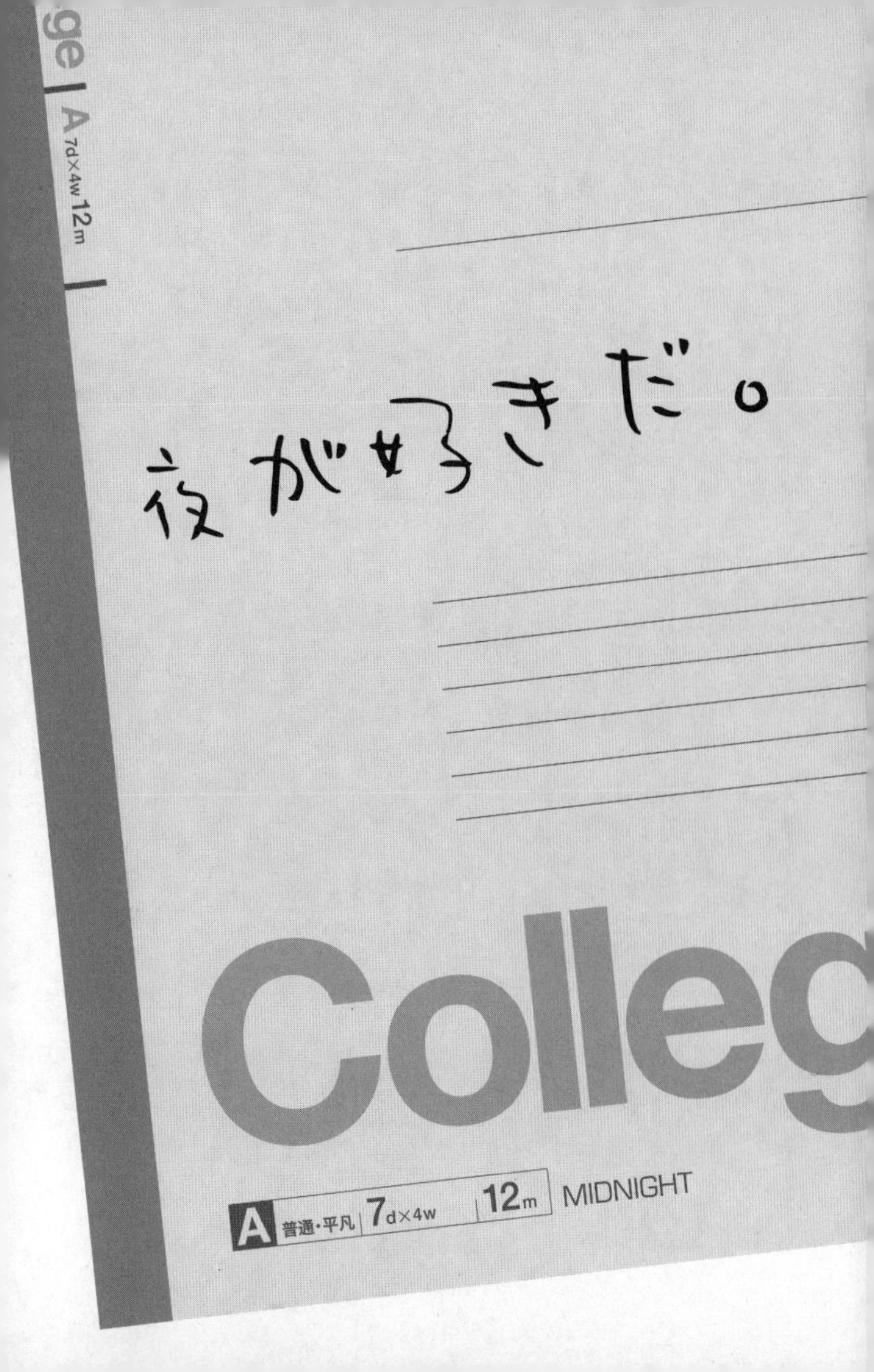
ge
A 7d×4w 12m
夜が好きだ。
Colleg
A 普通・平凡 7d×4w 12m MIDNIGHT

プロローグ

夜が好きだ。

夜は、自由だから。

誰にも見咎《みとが》められることはない。他人の目は一つも気にしなくていい。普段のしがらみを全部取っ払って大暴れしたって構わない。むちゃくちゃしたいよな、せっかくなら。

夜は、なりたい自分でいられる。

違う自分に成り代わったっていい。平穏無事に生きるため被《かぶ》った皮をかなぐり捨てても問題ない。誰にも邪魔されることはない。あるがままの自分でいい。最高だろ？

夜は、心置きなく一人でいられる。

なんだかんだと社会は群れることをよしとする。昼間っから一人でいると変な目で見られる時がある。ほっとけ。余計なお世話だ。それが夜になると立場が逆転する。夜に連《つる》んでいる方が変な目で見られることさえある。夜は一人が主流派になる。

夜は、一人でも誰かとつながっていられる。

一人なんだけど、一人じゃない。わかるよな？　本を読んでいる時、確かに作者と通じ合える。ラジオを聴いている時、同じように耳を傾ける誰かとつながれる。スマホを覗《のぞ》き込《こ》む時、画面の向こう側に誰かがいて寄り添ってくれる。一人だけど完全な孤独じゃなくて、お互いの体温で邪魔し合わない距離感を保っていられるのが、いいんだ。

夜は、わがままな自分を受け入れてくれる。

面倒臭い自分。嫉妬してしまう自分。自己中心的な自分。他人に優しくなれない自分。理想の姿とかけ離れた自分も、日が沈んだ後の暗がりなら許される気がする。だから夜の間は、心のトゲが減るんだ。

昼間生きていく中で疲労し傷つく体を、夜の間に癒《い》やす。

そしてまた、太陽が昇る。

繰り返す。

だから夜は、生きていくために絶対に必要な時間だ。

僕たち、私たちは、
『本気の勉強』がしたい。

第一章

『分相応に生きるより大切なことなんて、そうはない』

分相応を心がけること。
身の程をわきまえること。
無理な挑戦をせず、自分の才能に見合った戦いをすること。
それが世の中を落伍《らくご》せずに生き延びていくため、常に心がけておくべき原則だ。
まったく逆の考え方がはびこっているのも知っている。
一度きりの人生だから、挑戦するべきだ。
高い目標を掲げるから、その頂に到達できる。
成功者がそう吹聴《ふいちょう》したがるのはわかる。
しかし彼らはたまたまうまくいった人間だから言えるのだ。
一握りの成功者の裏には、九十九％の失敗した人間が存在する。

なのに脚光を浴びるのは成功者だけだから、おかしな勘違いが起こる。一%の成功者の主張だけが流布される。九十九%の失敗者の声はどこにも届かない。いわゆる、生存バイアスだ。

一%側の、挑戦の利点を過剰に説く人間に、言いたい。

あんたは成功した。でも失敗する人間だっているんだ。

敗者は失敗した後悔を背負って、残りの人生を惨めに生きていけと言うのか？

凡人は常に要領よく生きていくことを考えなきゃいけない。

もちろん挑戦する人は素直に尊敬する。応援だってしたい。

でも全員が等しく挑戦すべきだという押しつけは、間違っている。

一度きりの人生だから、安全第一に、なるべく失敗を避ける生き方をしてもいいはずだ。

☽『変わることのない日常とごく稀《まれ》な例外』

世界が狭くなったというのは、嘘《うそ》だと思う。

だってこの町はどこにでもつながっているようで、どこにもつながってない。

校舎三階の窓からは街並みがよく見渡せる。

場違いに背の高いマンションが一棟。あとは畑と家ばかりで、起伏がなく平べったい。

店は国道沿いに密集していて、ほとんどその周辺で用事が済んでしまう。逆に他の区域はひっそりとしている。

東北地方の、片田舎というほどに田舎ではない土地。暮らすには困らず、車で行ける範囲に働き口もある。景気がいいわけではないけれど、だらだらと働いて食ってはいける。

だからこそ、この町を出ていくのは難しかった。干上がるのが目に見えているなら、選択する余地もなく飛び出すしかない。でもそうじゃない。ちょうどよいくらいに生きてはいけるのだ。

周りも地元に残る選択をする人間が多い。

一度は都会に出た人間も、見えない磁場に引き寄せられるように、また戻ってくる。

自分も——真嶋正太《まじましょうた》も、みんなと同じようにこの町でずっと生きていくはずの一人だ。

世界の表舞台に出る『才能がある』人間と、そうじゃない人間は初めから決まっている。

高校生にもなれば自分がどちら側かはわかってしまう。

自分は間違いなく『そうじゃない』人間だった。

きっと自分は、地元で身の丈に合った『分相応な幸せ』を目指して生きていく。

〝普通〟を手に入れるのが難しいと叫ばれる時代だ。分相応な幸せをつかめれば十分じゃないか。

そんな〝普通〟を目指すため、正太は休み時間の教室で教科書とノートを開く。

昼休み明けにある古文の授業の準備を始める。まあ、予習はすでにしてあるが。

「真面目……じゃなくて真嶋君！」

急にクラスの男子から話しかけられた。

高校三年生の、四月。

クラス替えしたばかりの教室にはまだぎこちなさが残っている。

「え、どうしたの？」

「悪いんだけど、古典の予習をまさかしちゃってたりなんて……」

ああそういうことかと合点がいく。

「やってるよ。僕のノート、貸そうか」

「おおおお、話が早くて助かる！　サンキュー」

「言っただろ。真面目君が予習を欠かすことはないから無敵だって、な！」

隣に付き添っていた、二年生の時も同じクラスだった別の男子が親指を立てる。「真面目君の伝説を一つ教えてやろうか？」となぜか彼が自慢げに語る。

「なんと一年の時……家庭基礎でも予習をしてきたんだ！」

「家庭科でなにを予習すんだよ!?　ガチで真面目すぎるぜ……！」

「いやぁ～、照れるなぁ～」

「いざという時に頼れる奴《やつ》がいると安心だな！」「すぐ写して返すわ！　これからよろしくな、真面目君！」

三年のクラスでもすっかりあだ名は『真面目君』になっていた。

由来は『真嶋《まじま》』で『真面目』だから。語呂も似ているし。

男子たちが離れて行き、正太《しようた》はさて別の予習でもしようかと机を探る。

「なに一人でにやついてるの、よっ」

背後から声がすると同時に肩を叩《たた》かれた。

目の前でスカートが舞う。ひょいと、机の上に女子が腰かけた。ふわりと石鹸《せっけん》の匂いがする。小柄でショートカット。その小動物感は机の上に陣取るのがよく似合う。

「……アベマリか」

「正太ちゃんは、三年生でもあだ名はまた真面目君？」

阿部麻里《あべまり》とは幼稚園の頃から家族ぐるみの付き合いがある。家が近所なのだ。

別クラスなのだが、よく正太のいる一組に顔を出している。麻里の所属する吹奏楽部の溜《た》まり場《ば》がこの教室になったらしい。

「さっきもノートを貸してたけど、便利に使われないようにしなきゃダメだよ」

麻里が机の上で足をパタパタ揺らす。スカートの中が心配だが流石《さすが》に手で押さえている。

「やってきたもの見せてるだけだから」

まれに「幼なじみの女子とかうらやましいな！」なんて反応をされる。実際、そんなに嬉《うれ》しいこともないんだけど。

「むしろこれで真面目って思われるなら、ありがたいくらいだよ。ふふ」

「出た、『真面目』売名行為……！」

「売名じゃない。ただの事実だ」

「真面目、真面目って言われて喜ぶ人、あんまりいなくない？」

「僕はそれが間違っていると思うんだ。真面目で勤勉なのは日本人が持つ本来の――」

「あ、もう何度も聞いてるからいい」

熱く語ろうとすると、面倒臭そうに制された。

「真面目すぎず、『普通』で十分だと思うけどなぁ」

「……僕の場合は、真面目にやらないとダメだから」

「でもさ、吹奏楽部の子に聞かれたよ。『あの子って横断歩道でいつも右見て左見て右を見てから渡ってるの』って」

わたしが恥ずかしいんだから、などと麻里は言うが。

「よしっ、普段の僕を見て憧れてくれる人が……！」

「いや引いてるだけだから！　交通安全講習直後の小学生かよって！」

麻里にビシッとつっこまれる。

「そんなんだから彼女ができず二年が終わって、受験生になって恋愛を始めるチャンスも減ってきて……ってこれまんまわたしにもぶっ刺さってない!?　ブーメラン!?」

「うん、アベマリにだけは言われたくない」

「とどめを刺された!?　……毒吐けるじゃん。そういうの出してくと、もうちょっと面白がられてチャンスも増えるんじゃない？　高校卒業前にほしいでしょ、彼女？」

麻里《まり》が正太《しょうた》の肩を指でつんつんとつつく。

「でも僕は……勉強が忙しいし。家のこともあるし」

人畜無害。出しゃばらないから嫌う機会もないし、毒にも薬にもならない。

皆に正太の印象を聞いた時、返ってくる答えはおそらくそんなものだ。

真面目は損だ。目立つ方がいい。そういう考え方があるのもわかる。

確かに成功すればいい。だが失敗するリスクも大いに膨らむことを皆忘れている。

失敗のない人生を目指すなら、目立たないのだって立派な戦略だ。

予習はする。宿題もちゃんとする。真面目な人間と思われるように生きる。

それが、身近な関係が大人まで続きやすい田舎町で、これといった才能を持たない正太が採る生存戦略だった。


授業が始まると、実は正太は少しほっとする。

休み時間中に一人で机に座っていると、さみしい奴《やつ》だと思われてしまう。

授業が始まれば黙ってじっと座っていてもよくなる。その権利が付与される分、授業中の方が気楽だった。

教室内には昼休み明けの弛緩《しかん》した空気が漂っていた。

おだやかな陽射《ひざ》しが気持ちよくて、眠りに誘《いざな》われている生徒もちらほらと目につく。

ぼんやりしているのは正太も同じだ。教師の声が耳に入っては反対側から抜けていく。

しかしそんなまったりとした教室の空気が、

「じゃあこの文の現代語訳を——月森《つきもり》さん」

一瞬にして、ぴりぴりと張り詰めた。

さざ波が広がるように教室内がざわめく。

「……当てるよなぁ、やっぱ」「……飛ばせばいいのに」「……意地だろ、意地」

ひそひそと話す声が聞こえる。

その生徒が当てられると教室に緊張が走るのには、理由があった。

指名された当人は未《いま》だ机に突っ伏して眠っている。

「月森さん！」

ベテランの女性教師が教卓を叩《たた》く。

「うにゅ……」

教室に似つかわしくない、可愛《かわい》らしい吐息が漏れる。

部屋全体の視線を集める彼女が、ゆっくりと上体を起こし始める。

色素が薄くキラキラと輝く長髪が背中まで伸びている。

座っていてもわかる、すらりとした長い足。

背後からでも常人離れした華奢《きやしゃ》さが見てとれる。

月森灯《あかり》——彼女が目立つ理由、その一。

『普通とは違う高貴な雰囲気を身にまとっている』。

スタイルがよすぎて、制服姿に若干の違和感を覚えてしまう。華美なドレスがお似合いだ。それくらい彼女にはオーラがあった。

そんな彼女が陰で称される呼び名は、『深窓の眠り姫』。

月森灯《つきもりあかり》が目立つ理由、その二。

『彼女はとにかくよく眠る』。

よく眠るどころか、ほぼ眠っている。

日中に起きている時間が下手をするとトータルでも一時間を切る。体育の時ですら、グランドの隅で座って眠る。

あまりに堂々と、そして昏々《こんこん》と眠るせいなのか、ほとんどの教師からは黙認されている。が、生徒を平等に扱う律儀な教師からは、こうして無理矢理《むりやり》起こされることがある。

「月森さん。三十二ページ、四行目を訳せますか？　前に出て」

月森は目元をゴシゴシと擦《こす》る。まだ寝ぼけていそうだが、事態を把握したようだ。席を立ち、手ぶらのまま教壇へふらふらと歩み出る。

教師から指定された文は、はっきり言って簡単ではなかった。ちゃんと前後の文脈を読み解かないといけない。事前に訳したノートなしで答えるのは、相当難しい。

「……先生、どこでしたか？　教科書を借りてもいいですか？」

だから、――答えるにあたり、問われている文を把握すらしていないなんてありえない。

「ここ、です」

ぴくぴくと明らかに顔を引きつらせた教師が、教科書を手渡す。

「ああ。はい」

だから、――ノータイムで解答を黒板に書けるなんてもっとありえない。

しかし月森はお手本みたいに美しい文字を書きつけ、さっさと席に戻ってしまった。

「……正解です」

苦虫をかみつぶしたような顔をした教師が、何一つ直すところのない正答だと認めた頃には、月森は再び自席で突っ伏していた。

すー……すー……。

即、寝息が聞こえてくる。

あまりに挑発的態度。

だが月森にとっては通常運転なので、今さら周囲の人間がつっこむことはない。

月森灯が目立つ理由、その三。

『入学以来すべてのテストで学年一位を獲得している』。

それゆえ誰も文句一つ言えない。言う権利も有しない。

噂《うわさ》によると模試でも全国ランキング上位に名前を連ねたことがあるらしい。推定偏差値は七十オーバー。地方の田舎町で一人だけ全国クラスの実力の持ち主。

まさに天才で、逸材で、麒麟児《きりんじ》だ。

分類するならば、彼女は明らかに才能があり、『世界に出ていくべき』人間である。

彼女くらいになれば、真面目にやるだの、生存戦略だのは気にせず、好き勝手に生きていればいいと思う。

しかし彼女みたいな存在は、普通の人が真似《まね》をしてはいけないイレギュラーだ。

彼女とはたまたま三年で同じクラスになり、同じ空間で過ごすかもしれない。

でも自分とは、まともにかかわることすらないだろう。

☽『一人の夜の楽しみ』

家に帰ると、母が不機嫌だった。

顔を見なくても、ダイニングに座る後ろ姿だけでわかる。

今日も正太《しょうた》は学校が終わるなり、部活もせず誰と遊ぶこともなくまっすぐに帰宅した。

母はまだ夜の仕事へ出かける前だった。

「ただいま」と正太から声をかける。

溜《た》め息《いき》を吐《つ》き、自分の中でなにかを切り替えるような間があってから、母が振り返る。

「おかえり」と返事をする母は、少し疲れた笑みを浮かべていた。

今月も二十五日が近づいてきている。

内容はもうわかっている。触れないようにするのではなく、先手を打って話を聞いた方があとに引きずらないということも、知っている。

「父さんから連絡あった？」

「聞いてくれる⁉」

正太《しょうた》が言うと母が喰《く》い気味に反応した。

結局あの人は――。今月は出費がかさんだとか――。見えている数字があるから――。

来月にまとめて――。いつもそう言うくせに――。

話の内容は想像どおり。

要は、離れて暮らす父親からの入金がまた遅れるらしい。

「正太は絶対に、あの人みたいな分不相応なことをしちゃダメよ。真面目にコツコツが一番なんだから」

母がそう言う気持ちは、よくわかる。

ふがいない父親も、幼少期は神童扱いの優等生だったらしい。

高校では東京大学への合格を目指していたほどだ。

結局父親の歯車が狂ったのは、東大に二浪しても合格できなかったところからなんだと思う。

地元の大学に進学した父親は、「俺は地方から東京の奴《やつ》らの鼻を明かす」と血気盛んに事業を興そうと挑戦したらしい。

だがなにをやっても絶望的なまでにセンスがなかった。

いや正確に言うと、叔父曰《いわ》く「辛抱さえできれば」うまくいきそうな兆しもあるにはあったらしい。

ただ、我慢ができない。小さく収益を上げて、コツコツ地道に続けていけばいいものを、すぐ大風呂敷を広げて手に余って失敗する。時にはおだてられて欲を掻《か》き、あっさり騙《だま》される。

父親が思い描く華々しい成功と、この町は初めから噛《か》み合《あ》っていなかった。

結婚してからも父親の性根は変わらず、母も働きに出ることで家計を支えていた。

正太が小学六年生の時、ついに父親は「やっぱり日本のど真ん中で勝負しなきゃ駄目だ」と東京に飛び出した。雑な言葉でまとめてしまえば——今でも夢を追っている。

成功すれば楽な生活をさせてやれる。だからちょっとの間は苦労させるが我慢してくれ。

そう言いながら、もう何年も経過した。

なんの兆しもないどころか、むしろ状況は年々悪化している。

地元に帰省する機会も減り続け、ついには年一回帰るだけになった。

毎月生活費を入れる——それも母の稼ぎより少額のはずだが——と言いながら、しょっちゅう入金のスキップや減額の連絡がくる。

もう親族の誰もが、東京で父親が花開くとは思っていない。

皆がいつ諦めて帰ってくるのかと待っている——。

母も一通り愚痴を言い終えると、いくらか溜飲《りゅういん》が下がったらしい。

鬱憤《うっぷん》が溜《た》まるのも納得できるので、これで母の機嫌が直るなら、しばらく付き合うくらい安いものだ。

「……そろそろ仕事に行かないと。味噌汁《みそしる》と野菜炒《いた》めは作ってあるから。ご飯だけ、お願いしていい？」

「炊いておくよ。母さん、明日の朝は食べる？」

「明日は食べてもパンだからいいわ。ありがとうね、正太《しょうた》。自分で料理もできるし、ちゃんと自立してくれて」

微笑《ほほえ》む母に、正太は「うん」と頷《うなず》く。

米を炊くだけで料理とも言えないけれど、母が満足してくれているならいい。

「正太は真面目だし、家のこともよく手伝ってくれるし。あの人と違ってよくできた子だわ、本当に」

しみじみと、自分に言い聞かせるように母は言う。

「分相応に、ちゃんと自分の手の届く範囲で、幸せを見つけられる人になりなさいね」

母が夜の仕事へ向かった。

二人暮らしになって久しい一軒家は、正太だけの空間になる。

制服から家着のスウェットに着替え、正太のルーチンが始まる。

米をといで炊飯器をセットする。時間があるので釜炊き設定で。

風呂掃除をする。浴槽はもちろん毎日のこと。今日は風呂の蓋も綺麗《きれい》にする。明日は洗面器を洗おう。

ダイニングで今日出た宿題と、予習を行う。宿題が少なかったので思ったより予習が進んだ。たぶん次の次の授業くらいまで先取りできた。

健康のための筋トレをする。腕立て伏せ、腹筋、背筋を三セット。それからお風呂にゆっくりつかる。

次は夕食だ。味噌汁と野菜炒めを温め、ご飯をよそう。自家製の大根の浅漬けも並べて、いただきます。食事のお供に、ニュース番組を点《つ》ける。

たとえ隠しカメラで全世界に中継されてもなんら恥じることのないルーチンを、ほとんど自動操縦でこなし終える。

さて、やっと真嶋《まじま》正太の『昼』の生活が終わった。

時刻は二十時半を回っている。

ここから、正太にとっての『夜』が始まる。

正太は自室に入って、扉を閉める。

それがスイッチ切り替えの合図だ。

「夜だ――――！　……っと」

とりあえず一人で叫んでみた。

ちょっと大声すぎたかと思い、口を押さえる。一軒家だし、多少なら大丈夫なんだが。

あるだろ？　なんとなく、一人ででかい声を出したい時。

スピーカーとスマホを無線接続し、音楽をかける。

鼻歌交じりに小躍りしながら、炭酸ジュースを開ける。

ごくごくと音を鳴らしながら流し込み、「くぅ〜！」と大きく息を吐く。強炭酸が喉に痛い。でもこの爽快感がいいんだ。

ノートパソコンのスイッチを入れる。

まず動画を観《み》ようか。チャンネル登録しているお気に入りのユーチューバーの動画が更新されていた。大物かと言えばそうではない、でも一部でカルト的な人気を誇るぼっち系ユーチューバーだ。

新着動画を観ながらにやにやする。「バカだな」と一人でつぶやく。自分とどこか重ね合わせられる部分があって、でも自分にはできないことをやってくれているのがいい。

「俺にはできねーわな」

スゲえよ。素直に尊敬する。こんなの絶対に真似《まね》できない。

別ウインドウでツイッターを開いて、なんとなく思いついたことをつぶやく。

リアルな知り合いなんて誰も知らない、それでも数十人のフォロワーがいる、ポエムな言葉をつぶやくためのアカウントだ。

読みかけていた文庫本に手を伸ばす。

音楽は流しっぱなし、動画も再生しっぱなし。

スマホのマンガアプリのチケット消費もしなければ。

昼間は真面目にそつなくこなしていると、いつもスケジュールが早め早めに前倒しになっていく。やることがなくて、手持ち無沙汰《ぶさた》になることもしばしばだ。

それなのに、夜がやってくると、途端にやりたいことだらけで手が塞がるから困る。

夜の、一人の、自分だけの時間。

正太《しょうた》は自分の中で『夜の息継ぎ』と呼んでいる。

学校や仕事がない休日を『息抜き』とするなら、一日の終わりの夜の時間は『息継ぎ』と表現するのがぴったりだと思うんだ。

昼の生活は、多かれ少なかれみんな疲れが溜《た》まる。

だから夜に、大きく深呼吸をする。

だから明日も、頑張れる。

流している音楽を停止させ、今度は深夜ラジオのタイムフリー配信をバックミュージックにする。

一人で、自由だから、なにをどんな順番で、どんなぶつ切りにやったって構わない。

家に誰もいないから、自作の即興ソングを声に出して歌ってみたっていい。

ツイッターの大喜利お題にリプライ投稿しても誰にも笑われない。むしろどこかの誰かに「くだらねー」って言われたら本望だ。

もちろんソシャゲもする。そんなにやる気もないのに、無課金の割には随分強くなってしまった。

あとはネトフリの動画も観《み》たいのがあった。

やりたいことがありすぎる。

でも大丈夫。

一人の夜は、まだまだ長いから。

そうやっていつもどおり過ごそうとする。なんとか日常を保とうとする。でも。ダメだ。

どうしても、どうしても今日は——この夜に集中できない。

正太《しょうた》はベッドに飛び込む。枕に顔を押しつける。そして叫ぶ。

(あああああああああああああああ！　くっっっっっっっっっっっっっっそ！)

全力の叫びは枕じゃ吸収しきれなかったかもしれない。どうでもいい。

いらつく。むかつく。ぐつぐつと腸《はらわた》が煮えたぎる。

無視しようとしてもしきれない。一つの光景が、何色もごちゃ混ぜになった感情が、頭の中で暴れてうるさい。

今日の昼間は、なにも感じなかった。

自分が日中になにをされようが、なんとも思わないのだ。

だけど、どうしても。

この夜に。

この安らげる自由な夜に。

誰かが、自分に悪事を働いているのは、許せなかった。

『夜の学校』

——真嶋《まじま》正太は、夜の学校敷地内に門を乗り越え無断で侵入した。

夜とは本来、誰にとっても平等で、自由な、心を許せる一瞬——『息継ぎ』時間だ。

お天道様に照らされた昼の生活がずっと続くと、きっと誰もが息苦しくなる。

だから夜がきて、みんな静かに眠り、次の日を迎える。

どんな人間にも、夜眠る前には、素の自分になるひとときが存在する。

そんな息継ぎの夜を侵すことは許されないのだ。絶対に。

だから夜に復讐《ふくしゅう》をする。

月明かりが照らす夜の学校を、正太は進んでいく。

——先日、事件が起こった。

早朝に登校したら、正太の机がぐちゃぐちゃに汚されていた。

机の上全体に白い液体やら、赤い液体やらが塗りたくられている。

『しね』という文字が書かれているようにも読めた。汚れた雑巾が散乱していて、メッセージをはっきり読み取れなかったが。

明らかに嫌がらせであり——いじめだった。

傷つくよりも、驚きが先にきた。こんな露骨な悪意を向けられたのは、初めてだった。

一緒に見つけたクラスメイトから「先生に相談した方がいいよ」と言われ、報告した。

教師にもいじめを疑われたが、心当たりがなかった。誰かとトラブルにもなっていない。

前日の放課後の状況などを教師が調べてくれて、犯行時間は夜らしいとだけわかった。

ただ犯人がわからず、対処のしようがない。また自分も大ごとにしたくはなかった。だから次になにかあったら対策を考えるという話になった——表向きは。

昼間はそれ以上なにも思わなかった。

そのまま帰宅し、いつもどおりに過ごした。

しかし夜になり、『夜の息継ぎ』時間になると、ある考えがふつふつと湧き始めた。

もしかして、今日の夜もなにかをやられるんじゃないか——？

そんな妄想が頭をもたげると、止められなくなった。

嫌な想像が過剰に膨らむ。本来ならば心安まるはずの『息継ぎ』時間が、どこかの誰かに侵略されてしまう。平等で自由な一人時間を侵すなんて許されない。夜の犯行であったことが、どうしても耐えられない。もう我慢が利かなくなった。気づいたら自転車を飛ばして学校に来ていた——。

夜の学校は、ひっそりと静まり返っていた。

住宅地から離れた場所にあるので、近隣には人っ子一人いない。

残業の教師も二十一時を回れば帰宅しているらしい。校舎内は電灯が点《つ》いておらず暗い。

しかし完全な暗闇ではなかった。非常灯と、外から差し込む街灯の光によって薄ぼんやりと内部の様子が窺《うかが》える。

校舎を目指して、校庭を進む。

正太《しょうた》は制服に着替え直していた。学校に私服は、違和感があると思ったからだ。

砂利を踏む音がやけに大きく聞こえる。

足早に校舎の前まで来て、流石《さすが》に冷静な自分が現れた。

夜の学校は防犯システムが作動しているんじゃないか？

しかしそれなら、そもそも中に入れないか。

そう思って、校舎入口の扉に手をかける。

開いた。

夜の校舎が、無言で正太を迎え入れる。

警報装置は鳴らなかった。

大丈夫か、田舎のザル警備？　……いや、だからこそ犯人も忍び込めたのか。

ぽっかりと開いた入口から、校舎内に入ってみる。

誰もいないはずなのに、まったくの無音ではなかった。換気扇なのか、ごうんごうんと電気機器の動く音が静かに響いている。

侵入が済めば、あとはすんなりと階段を上って三階まで行けた。廊下を進み、正太は自身が所属する三年一組の教室前にやって来る。

再度、押し寄せた躊躇《ためら》いの波も、ここまで来たのなら最後まで行こうと振り切った。

これは、昼間に見つからなかった犯行の痕跡を夜に見つけるための、正当な権利だ。
教室のドアに手をかける。抵抗を感じないので、そのまま横にスライドさせる。
濃淡のある闇が広がる教室は、普段とまるで異なる姿に見えた。
そこは異界だ。
窓から差し込む、月明かりと街灯の光。
光が机に白く反射していて、窓側の闇の方が薄い。逆に廊下側が濃い闇に包まれる。
その闇の濃淡の境目部分に。

黒い影がいた。

細長い円柱の上に、一回り小さな球形が乗っている。
影が振り返ると同時に、その影が剥がれ落ちて円柱の中から人型が現れる。
浮かび上がるほっそりとした肢体。
月明かりに照らされた長髪が金色に輝く。
それは魔女か、吸血鬼か。
目が合った。
「うわぁぁぁぁぁぁぁぁぁぁ！」
幽霊？　化け物？　まさか、人ならざるものに遭ってしまうなんて。

「だ、誰っ⁉　泥棒⁉」

向こうから声がした。怒鳴っていてもわかる澄んだ女性の声だ。

加えてなぜか泥棒扱いされる。いたく現実的だ。人外にしては。

「え……もしかして……襲われる……？」

そうつぶやいた相手が高校の制服に身を包んでいると、今になって気づく。

長い指が制服のリボンをぎゅっと握る。なんだか嗜虐心《しぎゃくしん》がくすぐられる。

スカートから伸びる足はすらりと長く艶《なま》めかしい。全体的に出るところは出て、女子らしい丸みを帯びているのにこれ以上ないほど細く引き締まっている。

小さな顔に大きな瞳が爛々《らんらん》と輝く。

妖しく、美しい。自分と同次元の人間だと思えない。

たとえどこかに見覚えがあっても……最近見た記憶が……あっても……あれ？

「通報っっっっっ！」

「ちょ、ちょ、ちょっと待って⁉　も、もしかしてっ、月森《つきもり》……灯《あかり》……？」

「なぜ私の名前をっ……………あれ、同じクラスの……」

「ま、真嶋《まじま》です。真嶋正太《しょうた》」

『夜の教室』

夜の教室に忍び込んだらなぜかクラスの女子がいた件。

「ごめん、突然だから驚いて。まさか夜十時に来る子がいると思わないじゃない。ていうか立ってないで、座ったら？」

席を勧められ、正太《しょうた》は机を一つ挟んで腰を下ろす。

ちなみに今は教室の電気をすべて点《つ》けている。外からの目が心配だ。

月森灯《つきもりあかり》。

我が県立藤隼《ふじはや》高校随一と言っていい、校内有名人。

美人で、学校生活をほぼ寝て過ごし、校内テストで一位をかっさらい続ける異端児。

思えば、いつも寝ている背中ばかり見る。顔を至近距離で見るのは初めてだった。

昼間には見覚えのない三日月形のピアスが、キラリと耳元に輝いている。

色素の薄いさらさらとした長髪。青みがかった瞳。すっと通った鼻梁《びりょう》も、薄い唇も、すべてが整っていて、同時に色気を持つ。

精巧に作られた西洋人形のように、細部の作り込みまで完璧だった。

「なにか？　しげしげと顔を見つめて？」

覗《のぞ》き込《こ》まれ、慌てて目を逸《そ》らす。

「い、いや……。はじめまして、っていうか、話すの初めてだよな？」

月森《つきもり》がぱちぱちと目を瞬かせる。

「そもそも私、クラスの人とまだ喋《しゃべ》ったことないかも」

三年生に進級してもう二週間は経《た》つ。

「じゃあはじめまして、真嶋《まじま》君。月森灯《あかり》です。どうぞよろしく」

品のあるクールさを保ちながら、親しみやすい温かな微笑を浮かべる。

「こ、こちらこそよろしくお願いします」

思えばこれまで月森の寝ぼけた声しか聞いたことがない。

普段はまぶたを閉じているか、起きていてもギリギリ半眼が上限だ。

そんな彼女がぱっちり目を開いているなんて、もはや別人と言われた方が納得感がある。

むしろ、ありえない説明の方が飲み込めてしまう……。

「確かめたいことがあるんだが……」

「うん？」

「月森って、もしかして……吸血鬼的な存在なんじゃ……!?」

「いや全然違うけど。なにを言ってるの、真嶋君」

全然違ったらしい。

「なに？　お前は人間じゃないだろ、みたいなこと？」

「や、揶揄《やゆ》する気はないんだが」

「冗談よ」

　いたずらに成功したみたいにくすっと笑う。

　一つ一つの仕草がいちいち可愛《かわい》い。

　だから思わず漏らしてしまった。

「ただ……あまりにも綺麗《きれい》だったから……」

「……もしかして口説いてるつもり？」

　いたく冷めた目で見られた。美人すぎて怖くなる。

「じゃ、じゃない！　つい一人のつもりになって……。だいたい、俺が月森に釣り合うわけないし」

「釣り合う、釣り合わないなんて基準、ないと思うけれど」

　やけにぴしゃりと言われた。

　……というか、この状況で、いったいなにを世間話しているんだ？

「「それよりも」」

　話し出しが被《かぶ》って、お互い口をつぐむ。

「「なんで夜の教室に」」

　また被った。

　気まずい沈黙があって、今度こそ正太《しようた》は月森に先を譲る。

「じゃあ、私から失礼して。……真嶋君はこんな夜遅くの学校になんの用？」

この問いは避けられないだろう──お互いに。

正太《しょうた》は素直にあらましを話す。

「──なるほど。自分の机が夜のうちに汚されるいじめを受けた。その犯人の手がかり探しのために、同じ夜の時間帯を狙って教室に忍び込んだ、か」

話を聞いた月森《つきもり》が、端的にまとめてくれる。

正太は被害者なので許される余地がある……気がする。不法侵入にしては。

「ちなみに机に……赤い汚れはあった？」

「ああ。どろっとした血みたいな。それで『しね』って文字が……」

「それは……トマトソースの可能性があるわね。他に汚れは？」

「え？　白い汚れもあったけど……」

「そっちはホワイトソースの可能性が高い。あと、机がべたついていた？」

「そう、全体的にベタベタで……。あとは雑巾が……」

「おそらく……消火に使ったコーラと片付けの残骸ね」

月森はやけに詳しい。その時は衝撃が強すぎてあまり意識しなかったが、甘い食品っぽい匂いはしていたかもしれない。今思い返せば。

「………………ごめんっ！　それやったの私！」

月森は手を合わせて深々と頭を下げる。

「……どういうことだ？」

「この前の夜、教室でピザを作って焼いたあと片付けそびれたの」

「……もっとどういうことだ？」

「その日トースターが発火して危うくぼやになるところで、焦って消火の時に結構散らかしちゃって、全部片付けたつもりだったんだけど、言われてみれば最後に綺麗《きれい》にするつもりだった机を掃除した記憶がなくて……」

「いや、そういうことじゃなくて」

　そもそもの前提がおかしい。

「この前の夜も……？　教室にトースターを持ち込んでピザ……？」

「ええ、普段から夜の教室を使っているから。あと夜って、お腹《なか》減るでしょ？」

　説明を受ける度に混迷が深まる。

「ええと……学校に住んでるとか？」

「住んでるわけないでしょ。朝学校に来て、放課後一度家に帰ってまた夜登校することもあれば、ずっといる時もあるけれど。ちゃんと朝までには家に帰っているわ」

「夜登校……」

　また謎のワードが出てきた。

　授業が終わっても、放課後遅くまで学校で過ごす生徒はいる。その延長戦が異様に長いバージョンだと思えば……いやいや。

「じゃあ、さっき着ていたそれは、なんのため？」

正太《しようた》は先ほど月森《つきもり》を黒い円柱状の影に見間違えた要因を指差す。教室のカーテンだ。月森はカーテンをマントのように体に巻き付けていたのだ。

「あ、いやっ……これは……」

意味不明な供述をそれでも理路整然と行っていた月森が、そこだけは突かれたくなかったとばかりに焦り始める。ここに謎の鍵があるのか。

「月森。俺は被害者だ。聞く権利がある」

被害者面を利用すると、月森も苦しげな表情を浮かべ、ついに観念したらしい。

「夜の教室に一人で、あと、月がいい感じだったからっ……」

ぷるぷると身を震わせながら、月森が言葉を紡ぐ。

「……………カーテンにくるまって、夜の支配者ごっこ的な」

「……一人で夜の教室で、夜の支配者ごっこ……？」

「れ、冷静に言わないでくれる？　……わからない？　夜に、広い空間に一人で、テンションが上がって、普段やらないことを……やる感じ」

「夜の感じはめちゃくちゃわかる。でも夜の支配者ごっこはちょっと……」

「…………何度も言わないで」

月森は顔を赤くして涙目になる。意地悪をしている雰囲気になってきたのでやめる。

いまいち全体像は見えない。が、まとめてしまえば。

「月森は普段から夜の教室を使っている。そして夜食を作る最中に俺の机を汚してしまい、片付けそびれた。……合ってる？」

「……そう」

月森は何度も謝って、机の中のものに被害があれば弁償するとまで言ってくれた。が、机を綺麗《きれい》にした時点で原状回復されている。

「まあ……俺としては、悪意のあるいじめじゃないとわかったなら、別にいいや」

許せなかったのも、夜の犯行だったからだ。

正太が夜の教室に侵入した目的は達せられた。

代わりに、新たな謎が生まれてしまったわけだが。

「じゃあ次は俺から。……月森はなにを目的に、夜の教室にいるんだっけ？」

「うーん、勉強？」


『夜の勉強会』


——じゃあ一緒に勉強してみる？

そんなバカなと正太が素直に信じないでいると、なぜか月森から提案された。

学校の教室で同級生に「一緒に勉強をしないか」と誘われる。それ自体におかしなところはない。

太陽が沈んだ時間帯である、という点を除けば。

「せっかくだから、夜らしい勉強の仕方をしよっか」と月森《つきもり》は教室を出て、すぐになにやら持って戻ってきた。

月森はいそいそと机を横並びで三つくっつけて、真ん中の机にポテトチップスの袋をパーティー開けする。正太《しょうた》の前にコーラが置かれる。

「……勉強じゃなくないか？」

「勉強よ」

月森は箸でポテチをぱりぱりとつまむ。お箸どうぞ、と正太も手渡される。

そのまま月森はコーラを飲みながら教科書を読み始めた。

「……いや、違うだろ」

「ＢＧＭが必要だった？」

「ますます勉強じゃないな！」

月森がスマホを操作し、ポータブルスピーカーからラジオが流れてきた。

「あ、間違えた――」

「これ聴いてる⁉」

正太は思わず立ち上がった。

「急にテンション高いわね」

「ごめん、つい。好きな深夜ラジオだったから……」

同志がいたのかとつい深夜ノリが漏れた。

「こういうの好きなのね。私は、お笑いとかわからなくて」

今度は静かなジャズが流れてくる。

「でも、面白いとは思うわ」

「じゃあ今度俺のおすすめを……。じゃなくて、月森は……勉強中にお菓子を食べたり音楽流したりしてるのか？」

「しない？」

「こんな不真面目な勉強、したことない」

「全然、不真面目じゃないわ。エネルギー補給は脳に必要だし、人がいる空間ではほどよい環境音があった方が『音のマスキング効果』で集中できるし」

「……マスキング効果？」

「二つの音が同時に聞こえる時、片方が遮蔽されて聞こえなくなる効果のことよ」

学年一の秀才が言うと、妙に説得力がある。

「もちろん食べっぱなしはよくないけど、適度に勉強とは異なる刺激を脳に与えることで、集中力の持続にもつながる」

「なるほど……」

「というのはほとんど方便で、正直食べたいから食べて飲みたいから飲んでいるだけね」

「おい！」

「夜に間食はしない派だった？」

『夜の息継ぎ』時間には、一人でたっぷり楽しませてもらっている。

だが学校では、真面目でいなければならない。

なぜだ？　――そこが昼の世界だからだ。

でも今は？　――夜だ。

判断基準が狂っている。でも夜だからいいのか。

正太《しようた》はペットボトルのキャップを捻《ひね》って、開けた。ぐいとコーラを流し込む。

シュワシュワと炭酸が弾《はじ》けて、口いっぱいに甘さが広がった。

なぜだろう、夜の教室で飲む炭酸は、一人家で飲む時よりもおいしく感じる。

ポテチをつまむ。

他に誰もいない二人だけの教室が、気を大きくさせる。

「……甘いものもほしくなるな」

「しょっぱいのと甘いのを交互にいただく無限コンボ……欲張りね、真嶋《まじま》君。チョコレートを溶かして、焼きマシュマロのチョコフォンデュとかどう？」

月森《つきもり》が椅子から腰を浮かせる。

「想像しただけで超いいけど！　でもまた机を汚しそうだからやめよう！」

その前に道具と材料が揃《そろ》っている前提なのはどういうことだ。

「勉強道具、なにか置いて帰ってないの？」

「……全部持ち帰ってる」

「真面目ね」

「そうだよな！　月森も認めるくらいに、真面目だよな？　フフフ」

「笑顔が怖いけど……」強張《こわば》った顔の月森は「教科書でも読む？」と世界史の教科書を貸してくれた。

どうしてこんな流れになっているのか。混迷が極まったまま、正太は夜の教室で教科書を手に取る。

適当に開くと、古代ローマのページだった。開いたからには読んでみる。

当時イタリア半島を統一した共和制ローマは、さらなる拡大を目指していた。

そんな彼らの前に立ち塞がったのは、アフリカ大陸北岸の都市国家、カルタゴだ。

特に第二次ポエニ戦争で名を馳《は》せたのは『雷光』とも呼ばれたカルタゴの将軍、ハンニバル。

彼は当時絶対に不可能と言われたアルプス山脈越えを、三十七頭の戦象を引き連れて遂行し、ローマへの奇襲を成功させる。

頭の中で妄想が広がる。そびえ立つ万年雪に覆われたアルプス山脈。誰もが躊躇《ちゅうちょ》する山道を進む大軍。強烈なカリスマ性を備えた『軍神』ハンニバルは、多大な犠牲を払いながらついに雪山の踏破を成し遂げる。突如現れた軍隊に驚愕《きょうがく》するローマ軍。混乱。雪を被《かぶ》った兵士たちが猛然とローマ兵へ襲いかかる。激突。戦象が巨大な足で敵を蹴散らす。雄叫《おたけ》びと共に戦士たちは剣や槍《やり》を振るう。敵を屠《ほふ》る。

圧勝したカルタゴ軍。しかし今度は、ローマの天才将軍スキピオが現れて形勢は逆転していく——。

不意に、我に返った。

教科書を読んでいたはずが、妄想に浸っていた。

ローマとカルタゴの戦いに大した行数は割かれていない。教科書の文字から、頭の中で勝手なストーリーを展開させてしまった。スキピオを『天才』だなんて書いていないのに。

でも流れ的には、そうあるべきだと思った。

無機質な文字の羅列から、躍動する戦士たちの姿を見た——こんな経験、今までにない。

まるで夜に小説を読んでいるか、ゲームをしているかのように。なぜ？　いや、そうか。

『夜の息継ぎ』時間中だからか。

教科書を読んでいても、これは勉強じゃない。自由な時間だと思っているから、妄想遊びが始まる。

勉強だと思わなければ教科書の読み方がまったく変わった。

「……面白《おもしれ》えな」

世界史の勉強はつまらなくても、世界史ってもの自体は、興味深いものなのかもしれない。そんなことを思った。

「なにか面白いことあった？」

一人の気分になってしまった。教室なのに。隣に人がいるのに。夜のせいで、調子が狂い続けている。

「いや……。月森《つきもり》……これ結構読み込んでる？」

世界史の教科書にくたびれた使用感があった。

「精読はそこまで多くないわよ。でも流し読みだったら……数え切れないくらい？」

「か、数え切れないくらい？」

学校じゃ、まだ最後まで授業が進んですらいないのに。

「世界史は流れが重要だから。精読をしてから、あとは速読のつもりでざっと繰り返し読み込むとほとんど内容が頭に入るものだし」

「……夜にそこまで勉強してるなら、学年一位も納得だ。俺なんかとは違うわけだ……」

未履修範囲を先取りできる理解力も、勉強を繰り返せる集中力も段違いだ。

「真嶋《まじま》君、ちょっと気になるんだけど」

「ん？」

「いつもそんな喋《しやべ》り方《かた》をしてた？」

問われて、息を呑《の》む。

「ごめん。なんで普段の喋り方を知っているのか、気になるよね。私、よく眠ってはいても、たまに半覚醒の時もあって。なんとなくだけど誰がどんな子か予測して、頭の中でみんなと友だちシミュレーションしてるから」

「……友だちシミュレーション？」

残念ワード臭に引っかかってしまう。

「……さ、最後のは忘れて。シミュレーションの話は余計だった」

こほん、と月森《つきもり》は咳払《せきばら》いをする。

「とにかく真嶋《まじま》君。……今日はなにかキャラが、違わない？」

キャラが違う。そうだ。確かに、今は夜だから。

「……俺は」

「それ。一人称も、違うわよね。あと普段は女子も『さん』付けな気がして……」

「……僕……いや俺は夜だと、こうなるんだ。この話し方が、素なんだ」

墓穴を掘りすぎているし、どうせ取り繕えそうにないと観念した。

「日中の学校では『僕』って言っている。これも猫被《かぶ》っているわけでも、意識して作っているわけでもない。どっちも素なんだよ、本当に」

無理をしているわけじゃない。

「でも昼間が終わって、夜一人で家にいる時は、夜のキャラになる。内弁慶なのかなって思ってたけど……どうも夜だったら学校でもキャラが変わる、『夜弁慶』みたいだ」

「初耳ワードね」

「俺も初めて言った」

月森は真面目な顔で「ふむ」と一つ頷《うなず》いた。

「真嶋君もなかなか危ないわね」

「それでも月森のヤバさとイタさには敵《かな》わないと思う」

「ヤバいはいいけどイタいは言いっこなしじゃない？　ねえ？」

「基準はわからんが」

今はこうやって喋《しゃべ》る方がしっくりくる。『夜の息継ぎ』用に切り替え済みの心は、昼間用には戻らない。

「……変だよな」

うまく使い分けられないのは、異常だ。

「本当に演じているわけじゃないんだよ。昼間は『真面目にやらなきゃ』とは思っている。でもそれくらいで。夜は一人で羽目を外すつもりでいるから、こんな感じになって……」

まさか誰にも見られるはずのない夜の姿を、クラスメイトに知られるなんて。ドン引きされて当然だろう。

「いいんじゃない？　だって夜は、自由な時間でしょ」

開いている窓から夜風が吹き込み、カーテンが舞った。

窓の外には静かな夜空が広がっている。

夜をバックに微笑《ほほえ》む月森の言葉は、驚くほどすんなり正太《しょうた》の心に入り込んだ。

「そうか……そうだよな！　夜だもんな！」

「また急にテンション上がった」

思わず正太《しょうた》は席を立っていた。「ごめん」

「だから、いいわよ。夜なんだから」

共犯者の間にだけ交わされるような密《ひそ》やかな笑みを月森《つきもり》が浮かべる。

夜はすべてを許される気がする。

言葉にすると陳腐になるこの不思議な感覚を、月森も抱いているんじゃないかと思えた。

一人の『夜の息継ぎ』が好きだった。

でも誰かが隣で共感してくれる夜も、悪くはない。


「勉強しているのはわかったけど、なぜ夜の学校にいるのか理由を聞いていない！」

なんだかんだとはぐらかされてしまっている気がする。

「真嶋《まじま》君、満月の夜に性欲が高まるのって本当かな？　ちなみに今日の月は……」

「どうかな？　見てみよう」席を立ったところではたと気づく。「……誤魔化《ごまか》されないぞ」

「成功しそうじゃなかった？」

まさか。夜でテンションがおかしくても、そこまでバカにはならない。

「教えてもいいけど。聞くと、私の秘密に足を踏み入れることになる」

冷たい氷のような、青みがかった瞳が正太を捉える。

「その覚悟、ある？」

真顔になった月森には、凄《すご》みがある。

「踏み入れたら……どうなるんだ？」

「真嶋君も、自分が夜弁慶になった理由やきっかけ、教えてくれる？　つまりはそういう秘密の交換になるということ。それならお互いに、安易に言いふらせないでしょ」

本当は人に教えたくない、ということか。

「夜の教室に侵入しているのはお互い様だし」

「……だけど俺が学校に来ることになったのは、月森のせいだ」

「………そうだった。負い目があるわ」

キメ顔のまま、間抜けなことを言っていた。

「じゃあもう明かすけど」

「いいんだ」

一呼吸置いて、月森は話し始める。

「私は昼間に起きていられない病気よ。逆に夜は眠ることができない。睡眠障害の一種なんだけれど……夜の不眠症、もしくは昼夜逆転症という表現でもいいかもしれない」

それはまったく、想定をしていなくて。

「生活リズムの崩れでも起こる、世の中にはあるといえばある症状ね。私の場合は期間が長くて、かれこれ三年間くらい？」

なんと返していいのかわからなくなる。

「ああ、心配はしなくていいわ。ちゃんとお医者さんにもかかって治療もしているし。まあ、うまくいっていないのは認めるわ。ただ一生このままではなくて、環境や生活の変化、あとは単純に年齢を重ねればいつか治るって言われている」

クラスメイトのことをなに一つ知らず、知ろうともしなかった。

「昼間学校で寝てばっかで勉強しないで、逆に夜は寝られないし。じゃあ夜は学校に来て勉強でもするか、というお話」

あまつさえ、勝手に理解を拒否していた。

「俺は……そんなことまったく知らずに」

「言っていないのだから、知らなくて当然でしょ。それに、同情は不要よ。不治の病でもないのだから、今は付き合って……治るのを待つだけよ」

重くなった空気を察したのだろうか。

「クラスで知っているの、真嶋《まじま》君だけよ？」

髪をかきあげながら、月森《つきもり》は花咲くように破顔した。耳元の三日月形ピアスが煌《きら》めく。

今の月森にかけるべき適切な言葉が、正太《しょうた》には思いつかない。

「うちの父親が……学歴コンプレックスを持っていて」

だから自分にできるのは、誰にも明かした経験のない秘密を晒《さら》すことだけだ。

「東京大学を目指していたんだ。で、結局浪人しても受験に失敗して。こじらせちゃって、未《いま》だに一人東京で夢を追いかけるのをやめないんだ。失敗しまくってるのに」

「……夢を追うことは、いいことじゃないの？」

そっと窺《うかが》うように、月森は質問を挟む。

「家族に迷惑をかけてもか？　母親の夜の仕事がなきゃ家計も回らない」

正太は苦笑しながら続ける。

「だからうちの母親がうるさいんだよ。『分相応に生きろ』って。俺もまったくそのとおりだと思う。だから昼の間は意識して真面目に生きているんだ。さっきも言ったけど、無理な演技はしてない。自然と『僕』とか言っちゃってはいるけど」

そもそも自分は、真面目に生きる道に勝ち筋を見出《みいだ》している。

才能のない自分は、身の程をわきまえることで着実な成功をつかむ。それがコストパフォーマンス的にも優れた、自分にとって最良の幸せを得られる選択だと思っている。

「昼の時間が終わったら、気分転換に羽目を外してやろうって、そうしたら今みたいな感じになるんだ。どっちが嘘《うそ》とか本物とかじゃなく、どっちも俺なんだと思う」

人前の自分と、内なる自分に差異がある人間なんて大勢いる。

正太の場合はそれが『昼』と『夜』で多少大げさに分かれるだけだ。

「というのが……俺の夜弁慶の理由、かな」

一息に喋《しゃべ》り終えてから、目を合わせられなかった月森の反応を窺う。

月森は表情一つ変えていなくて、そのことがなにより嬉《うれ》しかった。

なにを求めているわけでもないのだ。

お互いに夜の秘密は知っても、余計なもう一歩は踏み込まない。これがなによりも大事だと今思う。

――だから後から振り返れば、月森《つきもり》の言葉は、ただ話題を変えるつもりの発言だったはずだ。

「じゃあ今、真嶋《まじま》君は東大を目指しているの？」

……なにを言っているんだ？

「俺が？　まさか」

思わず正太《しようた》は吹き出す。

東京大学とは、日本の最高峰の大学だ。

当然集まるのは、同年代で最高の頭脳を持つ者ばかりだ。

もちろん東大に行く人間なんて、どこにでもいることくらい知っている。

もしかしたら、月森みたいな天才はこんな地方の公立校からでも行くのかもな。

でも月森という例外を除く、九十九％のそれ以外の者たちが、東大に入れることなんてないんだ。

「でも、普段とても真面目に勉強をしているのを知っているから」

「いやいやいや！　だとしても、俺には全然才能がないから」

そして月森は、言ってはならない台詞《せりふ》を口にする。

「才能がなくても東大には入れるわ」

急に耳のうしろ辺りがかっと熱くなった。血がどくどくと、駆け巡ったかのように。

「――真嶋君なら、いや、誰でも努力さえすれば――」

他にもなにか言っていたかもしれない。でも正常に言葉が耳に入らなくなっていた。

「適当なこと言うなよっっ！」

正太の叫びが、二人しかいない教室の中に反響する。

「なにが俺でも東大だよ……。人の才能の程度も知らないで……」

誰でもなんて、言うな。それは絶対に、嘘《うそ》だ。

「……ごめん。少し無神経だったかもしれない。言いたかったのは、努力をすれば――」

「なんの根拠があって月森が言ってるんだよ⁉」

「だって私は、東大に合格するから」

東大を目指しているから、でもなければ。

東大に詳しいから、でもない。

将来合格することを、確定した未来として語っている。

それが――才能のある人間なんだよ。

そっち側にいる人間が、こっち側の人間を理解することなんてできるはずがない。

嫉妬も怒りも、もはや消え失《う》せた。

「……月森なら、そうだろうな」

「違うわ。真嶋君も合格できる。本気になってやろうと思えば、できる」

「俺と月森は違うよ」

「なんなら証明して、納得させましょうか？」

月森《つきもり》も一切引かない。

まっすぐ射貫《いぬ》くような瞳に吸い込まれそうになる。

なぜかその瞳の奥に、燃えるような決心の色が、見えた気がした。

「明日、もう一度夜の学校に来てくれる？」

『進路』

「おーい、いる奴《やつ》らだけでいいから聞いてくれ。朝に言い忘れたことがあった」

無精髭《ぶしょうひげ》の担任が休み時間の教室に顔を出した。

「進路希望調査票、書けた奴は早めに出してくれー」

「なんで今言ってんの、谷《たに》やん？」とクラスから声が上がる。

「うちのクラスの回収率が悪かったんだよ！」

どっと教室で笑いが起こった。

「まだ志望校決められてないんですけどー」

「どこでもいいから書いとけ。成績見て調整するから」

「じゃ、とりま東大とか」

「本当に目指すならな。課題を鬼のように出してやる」

「ひっ、やっぱなしで！」

「マジな話、俺も言われたら困るわ。ははは」

そう、田舎の平凡な中堅公立校の自分たちにとって、東大とは冗談の種のようなものだ。

同じ受験生でも、東大を目指すようなレベルの受験生とは、根本的に違うんだ。

「おーい、聞いてるー？」

「……ん？」

しばらくぼうっとしていたのか、気づいたら麻里《まり》が手をぶんぶん振っていた。

「いつにも増して心ここにあらずじゃん、寝不足？」

「そんなことは……。というか僕っていつも心ここにあらずだっけ？」

「眼光ギラギラでは少なくともないよね！」

昨日の夜、夢でなければ月森と出会った。

「そういえば正太《しょうた》ちゃんは調査票もう出したの？」

夜に二人だとやけに広く感じた教室が、今は普段どおりの狭苦しい空間になっている。

「いや、まだ。アベマリは？」

「公立！　国公立行けって親がうるさいからね」

教室内では、他の皆も口々に進路の話をしていた。

「やっぱ公立かなぁ」「諦めて私立にしろよ」「あー、俺どうしよう!?」

学内の順位でほとんど行ける大学が決まってくる。それくらいに毎年同じ進学実績になるのが我が校——県立藤隼《ふじはや》高校だった。

クラスで三位以内、学年五クラス全体で言うとトップ十五位までなら、県立大学。もしくは教育大学。これが共に偏差値六十弱。

クラス四位~六位、概《おおむ》ね学年トップ三十位以内なら公立大学。これが偏差値五十五程度。

このように上位層は概ね国公立に進む。ただ経済的に余裕のある家庭は、私立の学院大学（偏差値六十弱）を狙うこともある。

それ以下は偏差値もピンキリになり、あっちこっちの私立大学へ行く。

で、例外的に学年で一人の超秀才が旧帝大である東北大学に合格することもある。

これが我が校でお決まりの進学実績だった。

「正太《しょうた》ちゃんも一緒に公立に行けたらいいね！　あ、それとも県立狙うんだっけ？」

正太は学内順位的には公立レベルである。しかしチャレンジ目標として県立を目指す道もゼロではない。背伸びをしても、そこがギリギリのラインだろう。

「阿部《あべ》と真面目君は公立？」

と、急に話に割って入られる。菅原《すがわら》という男子だった。茶髪で、背が高い。声も大きく態度もでかいから、なんの役職というわけでもないが、皆が顔色を窺《うかが》うボスポジションについていた。運動もできて、学業の成績もよいとなると、自然とそうなるのもわかる。

「まあね。って言っても、現実的には私立かなとも思ってるんだけど……。菅原君は？」

二年の時に麻里《まり》と同じクラスだったらしい。麻里と一緒にいるとよく声をかけられる。

「オレは学院大だな」

「え、学院大はすごいね、菅原君！」

「まあ、塾通いのおかげもあって」

菅原は有名進学塾に通っていると聞く。自らよくその話をしていた。

「塾……わたしも別のところにしようか悩んでたんだよね。今通ってる塾は大学受験専門ってわけじゃないから。本格的に考えないとね、塾に行ってない正太ちゃんも」

「真面目君は塾に通ってないのか。意外に」

「僕は分相応なところに行ければいいと、思っているから」

「分相応で公立とか県立行けんの？」麻里が肘でつついてくる。

「もし進学塾を探すならオレの通ってるところ紹介してやってもいいぜ？」

麻里が「ありがとー！」と言うと、菅原は満足げに「おう」と頷《うなず》く。

その時突然、教室中を満たす話し声のボリュームが小さくなる。

なにが起こったのかは、すぐ察せられた。

月森灯《つきもりあかり》が教室に入ってきたのだ。

「お、『深窓の眠り姫』。起きてるの見られるのレアだー」

麻里が小声でささやく。

その隣で菅原が小さく舌打ちをしている。なんとなく……面白くなさそうな顔をしている。日中ほぼ居眠りしているのにテストで学年一位をかっさらう存在を、快く思っていない生徒も中にはいた。

ただほどんどの人間は、遠巻きに彼女を眺めるだけである。

白すぎる肌に、色素の薄い長髪で、月明かりの下でなくともどこか吸血鬼じみた神秘的な雰囲気を醸している。昼間の今はやっぱりピアスをしていなかった。

彼女が歩く空間に生まれる静謐《せいひつ》な空気に圧倒されてか、誰も話しかけはしない。

まるで月森《つきもり》と他のクラスメイトとでは、それぞれが隔てられた別世界にいるようだ。

月森の長く細い足が教室の隙間を縫っていく。

半眼の瞳に、他の生徒の姿は映っていないだろう。

月森はまっすぐ席に着き、すぐに突っ伏して眠る。すると教室の話し声のトーンが元に戻る。ここまでが、三年一組のルーチンである。だが今日は。

自席に座って突っ伏す、その直前だった。

口角がほんの少しだけ上がる。

一瞬だけ見えたそれは、間違いなく微笑だ。

「……笑った?」麻里《まり》がつぶやく。

麻里が驚くのも無理はない。目撃した全員共通の感情なんだろう。他にも何人か、月森の方を見ながらぽかんとしていた。

彼女が表情を変える、ましてや笑うなど、いつもの教室ではありえない光景だった。

「絵になるなぁ……って正太《しょうた》ちゃん見つめすぎ!　前のめりて!」

麻里にばしっと肩を叩《たた》かれる。

「え……いや」気づかぬうちにじっと見つめていたらしい。正太は軽く首を振る。

なんだか見ているだけで思わず吸い込まれそうになるのだ。

「月森さんはどこ志望なんだろ？　なんて、いつも寝てるから聞けないよね」

そう、彼女はまともに起きている時がない。だから昼間は話すことすらできない。

「……調子乗ってるよな」

誰に向けてでもなく、独り言のように菅原《すがわら》がつぶやいていた。

そんな見方をされてしまうのも、昼間の月森だけを見れば仕方ない面はある。

でも今自分は、その裏に隠された理由を知っているから——だから、どうするんだ？

『二夜目』

学校の裏門に立って、なるほどとわかったことがある。

部室棟とケヤキの大木の陰になって、通りからは三年一組の教室が見えない。また裏手は山なので、電気が点《つ》いていても気づく人間はいない。

時刻は夜の二十一時。学校にいるにはおかしな時間だ。

でも正太には、どうしてもやらなければならないことがあった——。

月森灯《つきもりあかり》は、本日も至極当然のように夜の教室にいた。

「やっぱり真嶋《まじま》君も、東大に行きたくなったのね」

月森はぴょんぴょんと跳び上がっている……わけではないが、そう感じさせる雰囲気だった。妙に嬉《うれ》しそうだ。

日中の気怠《けだる》げな雰囲気は皆無。

クールなお姫様然とした印象まで薄れていて、昼間とは別人だ。

「俺が目指すわけねえだろ」

月森は軽口のつもりだったろうから、少し強く返しすぎたかもしれない。

「でも今日も来たじゃない、夜の学校に」

「それは……」

本当に今日来るべきかは、迷った。

実は来ない方が、今までの平穏が守られるのではないか。そうも思った。

だいたい夜の学校に来ることは、当たり前の話だが、やってはいけないことだ。

月森とこれ以上かかわると、より深みにはまってしまうのではないか。

でも彼女も夜の不眠症という問題を抱えている。図らずもそれを知って、なのに無視し続けるのか——考えれば考えるほど、頭がぐちゃぐちゃになった。

だから最終的に正太《しょうた》を突き動かしたのは、たった一つの譲れない想《おも》いだった。

「誰でも東大に行けるってのは、ありえない。そこをはっきりさせたくて今日は来た」

そう、誰でもはありえない。ありえてはいけない。

月森は「証明して、納得させましょうか？」とまで言っていた。また夜に余計な雑念がちらつかないよう、そんな意見は叩《たた》き潰《つぶ》す必要がある。

それは夜の学校にもう一度侵入してでも、やるべきことだった。

「頑《かたく》なね。安易に『いけるかも』って思ってくれてもいいのに」

月森がすんなりと話題に入るので、正太も早速本題に入る。

「……俺も多少は調べてきたんだ。例えば都道府県別の合格率なんかを」

「へえ。せっかくだから、聞かせてもらおうかな？」

椅子に座る月森が、正太を迎え撃つかのように足を組んだ。

二人きりの夜の教室は、まるで決闘場のように正太には思えた。

「まず東大合格者のうち、東京出身の学生が占める割合は三割だ。関東圏まで含めればその比率は六割。さらに近畿も入れると七割を超えて八割に近づく。東大合格者はいわゆる大都市圏の人間がほとんどなんだ。田舎ってだけでチャンスは大幅に減る」

「単純に、都市圏の人口が多いからじゃないの？」

反論は想定済みだ。

「人口比を考慮しても東京からの合格者が圧倒的だ。東京からの合格者は高三生千人あたりおよそ十人。逆に合格率の低い県は、千人あたり一人以下のところもある。つまり合格しやすさに十倍の差があるわけだ」

藤隼《ふじはや》高校を含めた周辺の高校を何校か集めれば、三年生千人が集まる。もし仮にその中で月森《つきもり》がトップの人間だとすれば、彼女が東大に合格する可能性はあるだろう。だが逆に残りの九百九十九人は東大には受からない。

「……他にも根拠があるの？」

「高校で受けた全国模試の俺の偏差値は……五十ちょっと、最高でも五十五、上位三十％の順位だ。大学志願者はざっくり六十万人だから、仮に最高の偏差値五十五で考えても、俺は十八万位ってことになる。……実際はもっと下かも」

それでも悪くはない。平均より上だ。真面目にやっているのだから……そのくらいはできてもいいと思う。

「でも東大の偏差値は七十を超える。上位二％だ。俺がそのレベルにたどり着くには、十七万人を……下手すりゃもっと多くの人間を、今からごぼう抜きしなきゃいけない」

あまりにも現実感がない話だった。

「俺は今でも真面目に勉強はしている。それでこの程度の順位なんだ。そんな人間が、偏差値を七十に上げられるか？　無理だ。どう考えても」

さらに正太《しょうた》は付け足す。

「今、東大の合格者は一部トップ校への偏りが進んでいて、東大合格者三千名のうち半分近くがわずか三十校から輩出されている。全国には五千校も高校があるのに、だ」

特に中高一貫私立の東大受験への力の入れ具合は凄《すさ》まじいものがあり、中学の時から高校の内容を先取りで学んでいるらしい。さらに言えば、中学受験する人間は小学校の時から中学レベルの内容を先取りしている。

東大受験は、幼少期から先取りに次ぐ先取り学習をした、勉強エリートたちが戦う世界へと変貌していっているのだ。

「田舎の、進学校でもない高校に甘んじている普通の人間は、東大には届かないんだよ」

もちろん地方の公立校にも超秀才――『地方の怪物』と記事では書かれていた――がいるのは認める。でもそれは、一つの学校に一人いれば奇跡の明らかな例外である。

「なるほど……よくわかったわ。真嶋《まじま》君の考え方も」

「納得してくれたのなら……」

「まず、真嶋君の大きな思い込みを打破するところからね」

余裕を崩さぬ態度で、三日月形のピアスを輝かせる月森は言う。

「……思い込み？　数字の根拠もあったぞ」

「大前提として、大学受験を勘違いしているわ、真嶋君」

月森は席を立つと、教室前方へと移動する。

「受験はね、頭のいい人順に受かるものじゃない。試験で、合格点を取った人が受かるものよ」

月森は教壇の上に立つ。

夜の教室で、教師役一人、生徒一人の授業が始まる。

「東大の二次試験の合格最低点、知ってる?」

「いや……でもきっと高いだろうから」

「約六割よ。六割取れればいいの」

案外、低いとは思った。

「それだけ難しいってことだな」

「でも、いくら難しいといっても、本質的には高校生が履修すべき範囲内の知識で解けるものよ」

月森《つきもり》はチョークを手に取り、黒板を使い始める。

「おまけにすべての科目で六割を取る必要すらない。受験とは、総合点の勝負だから。

例えば東大の文系の二次試験の場合。

外国語が120点。国語が120点。地歴が120点。数学が80点。これで計440点満点。

仮に帰国子女で英語が大得意の子が、外国語で120点満点を取ったとする。

二次試験の必要最低点を260点と考えれば、足りないのは140点。

国語50点、地歴50点、数学40点でも合格。

もっと極端に国語70点、地歴70点、数学0点でも合格になる。

どれだけ苦手科目があってもいい。点数を取るための戦略が立てば、勝てる。

頭のよさの順位で決まるわけじゃない」

数字遊びではそうなるかもしれないが。

「とはいえ頭がよくないと……」

「頭がよいとは、どういうこと？　よく気づくこと？　発想力があること？　整理がうまいこと？　考えるスピードが速いこと？　実際は色々とあるんでしょうね。

でも受験に関して言えば、そんな頭のよさは、必要ない」

「その言い方はむちゃくちゃすぎるだろ……」

「必要十分な知識をつけ、その知識を受験日まで保持し、試験中に適切に取り出せること。大学受験に必要なのは極論すればそれだけよ。そうでしょ？」

「……いやでも、数学とかは発想力がいるだろ」

「大学受験の数学は暗記でもある程度は戦えるわ。解法パターンを覚えるだけで初級問題なら十分対応できる。そういう風に見れば、ね。そんな意識で数学を見たことある？」

なかった。

わかるものはわかる。わからないものは自分じゃわからない。……そうじゃないのか。

「真嶋《まじま》君、あなたはまだ、受験についてなにも知らない。たとえるなら……赤ちゃんね」

「赤ちゃんだって……？」

「ばぶー」月森が口にちょんと親指を当てて、おしゃぶりのふりをする。

「え？　ばぶー？」

「………真顔で問い返さないで。………場を和ませるのに失敗したわ」

月森《つきもり》ギャグだったらしい。

「……とにかく。真嶋《まじま》君は、本物の受験勉強をしたことがない、赤ちゃんよ。真嶋君、あなたは東大英語に出てくる英文をすらすら読めると思う？」

「俺は、無理だろ」

「でも言葉を知らない生まれたての赤ちゃんは、母語が英語の親の下で育てば、ただ生きているだけで、それくらいの力をつけられる。これは誰でもでしょ？」

月森がまっすぐに正太《しょうた》を見つめてきた。

「真嶋君は、本気の勉強をしたことがある？」

「俺は、それなりには真面目に」

「真面目じゃなくて、『本気』よ。『魂を込めて』でもいいわ」

月森の圧に、嫌でも自分の心の内がえぐられる。

本気で、魂を込めて。……自分は真面目に勉強をしている。言われたとおりに、世の中で推奨される予習だって。斜に構えた捉え方をせず、なにも考えずに——なにも考えずに？

なにも考えずに、『本気』で『魂を込めて』勉強ができているのか。

自分の勉強は本当の意味で真面目だったのか？

混乱し始めた。そこに、さらなる言葉が降り注ぐ。

「まだ真嶋君は、東大に受かるための勉強も、受験勉強も、もしかすると本当の学びすらも経験したことがない、赤ちゃんなの。

無垢《むく》な赤ちゃんが、ただ素直に学び始めたら、なにが起こると思う？」

「……高校の勉強を同じだとするのは無理があるだろ。俺なんて、説明を聞いてもわからない時はわからないし」

「そこも大きな勘違いね。本来、『わからない』、『できない』ことこそが勉強よ」

またもや月森が、正太の中にある当たり前の価値観を揺さぶってくる。

自分の考えを譲るはずがないのに。――どうにかなってしまいそうになる。

「考えてみて？　もし先生の話を一度聞いて、教科書を一度読んですべてわかって、テストで満点を取れたら、その子って勉強の意味がある？　それは完全な理解力と記憶力があるだけで、勉強をしているとは言わない」

勉強という言葉の意味を深く考えたことは、なかった。

「勉強にはね、『できない』時間しかないと言っても間違いじゃない。

その『できない』時間の積み重ねの先に、やっと、ほんのちょっとの『できた』がある。

だから真嶋君の『わからない』は、とても正しいの」

「……けど、わからないままじゃ」

正太は当たり前の反論をする。それくらいしか反抗の手立てがない。

「その『わからない』にとどまることができれば、いつかは『わかる』がやってくる。

赤ん坊の話に戻るけれど、初めは言葉の概念すら知らない赤ちゃんも、わからない時間を積み重ねれば、いつの間にか言葉を操れるようになるでしょ？　それと同じ。じゃあ、東大に行くために必要なことはなにか、もうわかった？」

理解はできている。でも理性がそれを拒もうとする。

「『わからない』にとどまり続ける、覚悟よ。なんでもすぐにわかって、どんな問題でもすぐ解けて、望む成績を取れる……そんなありえないことを想像するから、おかしくなるの。初めから『わからない』に居続けるつもりでいればいい。それが勉強なんだから。これは、才能がないとできないこと？」

我慢し続けるのも才能だと一方では思う。でも才能と言い切ってしまうには、あまりにハードルが低いから二の足を踏む。

とはいえ、と月森《つきもり》は続ける。

「勉強に意義を感じていないのに、覚悟を持つのは難しいとも思う。目標があればできるけれど、そんなものあればとっくに勉強を始めているだろうし。勉強してもしなくても、結果が一緒に見えるなら、身は入らない」

「ああ……そうだよ。自分が勉強をしたって、それこそもっと才能を持った奴《やつ》が勉強をしてしまえば、結局差を縮められない。その人の持つレベルがあるから、それを越えようとするのは無謀で、無茶《むちゃ》で、無駄になるから……」

自分だって勉強をしていないわけじゃない。そこそこ……真面目にやっている……。

「でも勉強はね、あなたを自由にする」

「……自由」

ありふれた言葉が、やたらと耳に残った。

「勉強をしたらいい大学に行けて、いい仕事に就けてお金が手に入る……、なんてそんな小さな話じゃないわ。

勉強をして、知識を得て初めて、価値や楽しさの幅が広がる。つまりは、世界に対する解像度が上がる。

知らなければ、なにも感じることはできない。

知っているから、面白いと思える。なら、知っていることが増えたら？

文学の楽しさや、科学の素晴らしさや、歴史の壮大さ……そんな大げさなものだけじゃなくて、日頃見ているのに気づけなかったことに目が留まるだけで、人生は豊かになる。

勉強で知っていることが増えれば、世界は変わるのよ。

そうやって色んなことを知り、自分なりに考えて、ついに本当にやりたいことを見つけ、実現できることが、真の自由だとは思わない？」

もっと広く捉えましょうか、と月森の話はさらに広がっていく。

「すべての勉強は学問に通じている。

学問とはなにか、それは真理の探究よ。

真理の探究は、人間の本能。知りたい、理解したいという、欲求。

だって、本当なら神話と宗教があればそれでよかったはずなの。

人間は神から生まれたし、地球は平面だった――そう信じても人は生きていけた。

でもそれを鵜呑《うの》みにせずに真理を探究した人間が、新たな可能性を切り開いてきた。

そんな知の追求者たちは、『わかる』『できる』ことばかり積み重ねたのか？

答えはもちろん、否よ。

進化論は、地動説は、『わからない』『できない』に耐え、誰から否定されても己を信じて学び続けた人たちによって確立された――そして今がある。

世の常識さえ覆してしまえる学びって、とてつもなく自由だって思わない？」

まるで自分が別世界にやってきたように錯覚して、正太《しょうた》はまばたきをする。

今自分がいるのは教室……だったはずだ。

それを確かめたくなるくらいに、今いる場所がわからなくなっていた。

夜の教室。いやそれがそもそも非常識だ。

窓の外の暗闇は、夜空に、つまりは宇宙に、つながっている。

「もちろん、誰もが専門的な学問をする必要はないわ。でも真嶋《まじま》君自身の『できない』に踏み出して学べば、あなたはこれまで行けなかった場所にたどり着ける」

だから、と月森《つきもり》は続ける。

「真嶋君が『できない』を続ける勇気を持って勉強すれば、どこへだって羽ばたける。たとえ東大だろうが合格できる。別に東大に行くことが偉いわけじゃないけれど、東大を目指すことで学ぶ気になるなら、目標にする価値はあるわ」

夜の教室に風が吹いた。

体が浮き上がって、正太は夜の大空に飛び立つ――そんな妄想を慌てて打ち消した。

危うく、自分がなんでもできそうな気がしてしまった。

そんなことは、絶対にありえないのに。

気づくと自分は前のめりになっていた。落ち着け。生存バイアスに騙《だま》されるな。成功者の裏側には、大勢の夢敗れた人々がいるのだ。正太は背もたれにもたれかかる。自分がいるべき、分相応な場所はここだ。

正太の態度を見た月森が、どこか悲しそうな目をする。だけど意を決したように唇を噛《か》み締《し》める。そして、言う。

「もし真嶋君が行きたいなら、私はあなたを東大まで導ける」

背筋がぞっとするくらいに真剣な表情だった。

「今から現役合格を目指すなら、最短距離での正しい努力が要る。私ならそれに必要な受験に関する知識を提供できると思うわ」

火傷《やけど》するんじゃないかと思えるほどの熱意が迸《ほとばし》っている。

「でも凡人の俺には……、絶対に無理だ」

そこで勘違いしないからこそ、自分は地に足のついた成功を手に入れられるのだ。

「……ねえ、そろそろ一%くらいは行ける気がしてこないもの？」

「ない。絶対に、無理だ」

月森《つきもり》が拗《す》ねたみたいにぷくっと頬《ほお》を膨らませる。

ちょっと可哀想《かわいそう》になってくる……じゃなくて。

「真嶋《まじま》君も強情ね。あれね、『東大に合格したらおっぱい揉《も》んでいいよ』の方がテンション上がって東大目指すタイプ？」

「えっっっっっっっっっっっっっっっっっ⁉」

「本当に反応しないでくれる？　それで心変わりされたら私の熱い語りが無駄だったみたいじゃない」

氷のように冷たい目で睨《にら》まれ、一瞬で冷静になった。そんなわけない。

「……というかさ。なんでそんなに、俺が東大に受かるって話にこだわるんだ？　必要な知識を提供までしてくれるって、おかしいだろ」

「それは……」

目を見開いた月森は、一度開けた口を、なにかを飲み込むようにして閉じる。

「月森？」

「……勉強の可能性を否定されたくなくて」

「勉強の……可能性？」

「確かに、この世の中に格差はあるわ。東京に生まれただけでもアドバンテージがある。他にも親がお金持ちだとか、たくさんの有利不利は存在する。でもそんな格差をゼロにできる可能性を秘めているのが、勉強なの。勉強だけは、誰にとっても平等だから」

勉強は、平等。

それは月森が信じるものなのだろう。

「あともう一つは……」言いかけた月森が首を振る。「いえ、やっぱりこれはいいわ」

「教えてくれよ、もったいぶらずに」

「……恥ずかしいことだし」

月森がうつむいてもじもじとし始める。

「夜の秘密を共有した仲だろ」

言いながら、ちょっと待てと同時に思う。

踏み込みすぎじゃないか？　自分はただ月森を否定しに来たんだろ？

迷っているうちに、恐る恐るといった様子で月森が口を開く。

「ここで、勉強できるでしょ。……真嶋君と」

月森が差す『ここ』とは、夜の、二人きりの教室だろう。

はっ、と正太《しょうた》は気づく。

「つまり、俺のことが好きっていう……」

「まさかそんなことはありえないわよね。真嶋君、面白いギャグね」

夜弁慶が強すぎたあああああ！　今のは痛い、痛すぎる。分不相応にもほどがあるだろ。

落ち着け。夜は人を狂わせすぎる。

「実は医者から提案されている病気を治す方法の中で、まだ試せていないものがあって。夜を充実させるって方法で……」

曰《いわ》く、月森《つきもり》には学校、もしくは夜に大きな未練が存在している……かもしれない。

その未練を解消できれば、つまり夜に満足できれば、もしくは学校生活に納得がいけば、夜に普通に眠り、昼間の学校で起きられるようになる……かもしれない。

「……夜に学校で誰かと一緒にいれば、きっかけに出会えるかもしれない。だから一緒に、たまに夜に遊んでほしい……。遊ばなくても、話ができるだけでも……。つまりは、わかりやすく言うと」

うつむく月森は、指をいじりながらぼそぼそつぶやく。

「……友だちになってほしい、ってこと」

なんか、それは、流石《さすが》にさぁ。

「めちゃくちゃ可愛《かわい》いな」

「真嶋《まじま》君、平気でそういうの言うわよね。普段からなの？」

「がっ⁉　昼間はないぞ⁉　でも……どうしても夜は一人モードになるから……！」

なにが偉そうに可愛い、だ。一人でティックトックの可愛い女の子を見ている気分で独り言を吐き散らかしてしまった。

しかし納得がいった。

月森が夜の教室で勉強を教えることは、夜の不眠症の治療につながる。また教えてもら

う側としては学年一の天才の指導を受けられる。なるほどＷｉｎ－Ｗｉｎの関係だ。

「まあ、俺が東大を目指すことはないんだけど」

あらためて発言すると、月森《つきもり》は「……そうよね」と眉を下げた。

……むずがゆさが込み上げてきた。

この判断は自分らしくない。

でもいいわけするならば、決して考え方では相容《あいい》れなくても、夜に活動する同類として、仲間意識は覚えているんだ。

「ただ……成績が上がることは悪いことじゃないよな」

「……え？」

そう、学年一位に教えてもらえることは、自分にとって大きなメリットだ。

公立大学ではなく、レベルが一つ上の県立大学に行ける目が見えてくるかもしれない。

それは昼を真面目に生きる自分にとっても、よいことである。

「もしよければ、俺に『本気の勉強』の仕方を教えてもらえないかな？　俺も勉強はちゃんとするから」

月森が表情を失う。なにか間違ったか、不安になった次の瞬間。

ぱっと華やいだ笑顔は、まるで夜にだけ咲く月下美人の花だ。

「い……いいの⁉」身を乗り出した月森が、勢いあまって教卓を倒しそうになる。「絶対にすごくいい成績を取れるようにしてあげるから！」

「そ、そんなに気負われても……。俺なんてそれこそ、学校の定期テストも大したことないし……。英語の小テストですら、満点を取ったことがない男だから……」

「ちょうどいいわね」

月森がぱちんと指を鳴らしてから、正太《しょうた》を指差す。

「一度、魔法をかけてみせるわ。明日の英語の小テストで、私は真嶋《まじま》君に二十点満点を取らせる」

「え……いやいや。いくら月森でも俺の点数はいじれないだろ。恥ずかしい話、これまで一番よくて十八点だから……。ほら、見出し語じゃないのあるだろ？」

英語の授業では毎回必ず英単語帳を元にした小テストが実施される。テスト範囲は決まっているのだが、毎回必ず二つほど『見出し語ではないもの』、つまり例文等に使われているマニアックな語も出されるので、満点はなかなか取れないのだ。

「その二単語は私が予想してあげる。それなら真嶋君も覚えられるでしょ？」

英単語帳を開いた月森は、今回のテスト範囲を確認して二つの単語を指差す。

「『archaeologist』と『compilation』。この二つね」

「いや、当てずっぽうじゃなかなか……」

「必ず当たる。絶対。だから真嶋君も、本気でやって」

鋭い眼光に晒《さら》されて、正太は唾を飲み込む。

もしかして自分は……危うい契約をしてしまったのではないか。

「……あの、教えてもらっておいてなんだけど。いわゆる、他の普通のところも毎回完璧ってわけじゃなくて、それで満点にならない場合は……」

「そこは死ぬ気で完璧にしてね？　普通のところを間違えたら、怒るわよ？」

バリバリのスパルタだった。ただただ怖い。

「アドバイスをすると、英単語は時間をかけて書いてるヒマがあったら何度も見る。一単語一秒でどんどん先にいって、その範囲を何周も何周もやる方法がオススメよ。反復回数がすべてだから。そして最後は……気合いよ」

「まさかの精神論……？」

「絶対全部覚えるって誓う。覚悟する。約束を破ると、親友が処刑されてしまうメロスの気持ちで。オーケー？」

明日の英語小テストで満点を取ると誓わされて、正太《しょうた》は家に帰ることになった。

「――帰り際になんだけど、一つだけいい？」

聞き漏らしたことがあった。

「なんで夜の教室を使っても大丈夫なんだっけ？

「じゃあ、明日の夜も来たら教える。もちろん、満点を取ってね」

☽『英単語小テスト』

「それじゃあ、今日も英単語の小テストから」

「えー、エビちゃん今日はやめとかな～い⁉」

「はい、やめません」

白衣に、金縁眼鏡。特徴的な格好《かっこう》の海老名《えびな》は若くて美人な英語教師だが、自他共に認めるドSでテストは難しく平均点も低かった。

小テストのプリントが前から順に回ってくる。

「やべっ、今日の範囲一度も見てなかった」「俺はさっき五秒見て写真としてすべて記憶したから余裕だわ」「お前いつからそんな特殊能力に目覚めたんだよ」

直接成績に影響するテストでもないので、教室に緊張感はない。

受験生になったら変わる。

自分も含め、周りもそう思っていた節がある。

でも実際のところ、突然なにかが変わるわけもなくて、今までの延長線上にある日常が続いていた——これまでは。

周囲の弛緩《しかん》した空気をよそに、正太の心臓は高鳴り続けていた。

正太はプリントを受け取る。

まだクラスメイトはざわついている——でも自分の机の上だけは静かだった。

「始め」

正太《しょうた》はプリントを裏返す。

さっと全問に目を通す。

スペルミスが不安な長い単語だけ先に解答して、あとは上から順に書き込んでいく。これも月森《つきもり》からのアドバイスだった。

なぜ月森は、出題する単語を予想できたのか——。

『先生はなぜ見出し語以外もテストに出すか。それは例文も記憶に残してほしいからよ。せっかく触れる英文があるんだから、広い視野を持っておいてうろ覚えの記憶だけでも残すに越したことはない。受験を見据えた対策ね』

『満点取らせたくない意地悪だってみんな言ってるのに……』

『……それはちょっと可哀想《かわいそう》ね。意味のない単語は出してないのに』

言われてみると、印象が随分変わる。

『必修単語はそもそも見出し語になっている。じゃあそれ以外で記憶に残っていて助かるものはなにか？　たぶんスペルを正確に書ける必要まではないだろうから、出番は長文読解やリスニング問題ね』

今まで考えてもみなかった意図を読み解こうとすると、見えてくるものがある。

『長文やリスニングで「この単語を知っていて助かった！」と思った経験は？』

『ある、かも。特殊な単語だけど、それがわかっていたから状況の想像がついて……』

『まさに。抽象的ではなく、その単語が出てくればある程度シチュエーションの特定ができるような種類のもの。今回の範囲で言えば……「archaeologist」と「compilation」よ』

月森のテクニックは、魔法じゃなかった。

あるのは、地道に目の前の問題に向き合ったからこそ導かれる、論理的帰結だ。

最後まで解答を埋め終わる。

凡ミスがないか、繰り返し見直す。一度見て、さらにもう一度。

「はい、そこまで。隣と交換して、採点ね」

海老名《えびな》が解答を板書し、それを見ながら皆が採点を進めていく。正太も隣の席の子と用紙を交換した。結果が気になる。隣で採点する手の動きが、円を描き続けることを確認して、内心でガッツポーズし続ける。

「あ」

正太の解答用紙を採点していた女子が声を上げ、思わず正太はペンを取り落とす。

まさか、ミスが？　いやでも、ほとんど自信を持って書けた。一つだけ、スペルに迷ったものはあったが……。ミスがなければ……。でもそのミスが……。

「採点が終わったら、用紙を、本人に返して」

正太が採点した用紙を、隣の子に返す。隣から採点済みの用紙が戻される。

点数は……二十点満点。

「よしっ！」大声が出てしまった。

「び、びっくりした」と隣の女子に驚かれる。

「おいおい、なに小テストにマジになってるんだよー。流石《さすが》、真面目君だな！」

近くの席の男子には「わはは」と笑われる。

そりゃそうだろう。ただの小テストで満点を取ったからなんだ。なにも起こらない。

でも……なんだ、この胸に込み上げてくる熱いものは。こんなの昼に感じていいものじゃない。夜、一人の時じゃないと、どうにかなってしまいそうだ。

「ん、今日満点だった人がいる？」

海老名《えびな》の声に、周りが「真嶋《まじま》君が満点だったみたいでーす」と勝手に反応する。

おー、と小さなどよめきが起こった。

でもそれだけで、あとはみんな自分たちの会話に戻る。

正太《しょうた》は赤丸しかついていない答案用紙を見つめる。

いつだったろう、それこそ小学校の低学年の頃は、問題が簡単だから満点答案だってあった。でもいつしか、×印を見るのが当たり前になった。×印があっても悔しくもない。だいたい満点を取りたい気持ちすら、久しく忘れていた。

なのに今は――いやいやいや。

正太は慌てて首を振る。妄想を打ち消す。

次も、その次も満点を取って、そうしたらいつか本番もなんて――ありえない。

別に、傍《はた》から見ればなにも変わることのない一日。

でもなぜか、教室の景色がいつもと違って見える。

人が多いのに、息苦しくない。ざわめく声が耳にへばりつかず、まるで心地よいさざ波のようだ。心はおだやかで、なのに熱を持っている。

「で、今日はやってたみたいだから、どうせもう一人……」

海老名が突っ伏して眠る生徒の席に近づき、プリントを手に取る。

「うーん、やっぱり満点だなぁ」

小テストの解答だけ済ませて、すやすやと眠る『深窓の眠り姫』も、もちろん全問正解だったらしい。

☾『二度はあっても、三度はない』

夜の町へ飛び出すのは、これで三日連続だ。

母は仕事でいない。とはいえ、制服姿で自転車をかっ飛ばす姿を近所の人に見られるのは具合が悪い。

だから公道に出てペダルを踏み込む瞬間が、一番ドキドキする。

家の前の通りを抜ければ、もう安心だ。近所の人にも、もう見つからないだろう。

ゆるやかな下り坂で自転車が加速する。

同じ道でも、昼と夜では表情が異なる。

普段はそれなりに交通量がある場所も、夜になるとぐっと人の気配が減る。

出会うのは、ヘッドライトを煌々《こうこう》と照らす車くらいだ。

車が一台通り過ぎると、人と車の姿が見当たらず、道路は自分専用になった。

正太《しょうた》は道路の真ん中を突っ走っていく。自転車のライトだけがずっと先まで伸びていく。

無意味にハンドルを左右に切る。暗闇を照らす光がゆらゆらと揺れる。

この夜を支配しているのは自分であるかのように、錯覚する。

足の回転数を上げる。また一段ぐんと自転車が加速した。

どこまでも走っていきたい衝動に駆られる。

こんな自由を感じられるのは、昼間を真面目に勤め上げたあとの夜だからだ。

昼にやり残しがあると、思う存分夜に羽を伸ばせない。だから今日も、学校から帰宅後はルーチンをこなした。食事の準備をし、風呂を掃除し、宿題と予習をやって、軽い運動をしてから、夕食を取った。

昼は真面目に完璧に。だから夜に解放感が生まれる。昼は我慢の時間でもある……だから、あんな高揚感は間違っている。

まさか英語の小テストの時間に、わくわくと胸が躍る瞬間があるなんて、ありえない。

なにかが変わろうとしている？

それは恐ろしい。でも同時に怖いもの見たさも同居する。

どこまで踏み込んでいいのか。すでに踏み込みすぎではないか。

ただもう少し、勉強をするだけなら。

東大を目指すなんて分不相応なことはせず、もう少しよい成績を目指すなら。

この関係を続けたって、いいのではないだろうか。

ちゃんと約束の二十点満点も取ったんだ。

堂々と会いに行こう。

普段より自転車の速度を出しても、疲れはまったくない。

今日も正太は夜の三年一組を目指す——。


「誰だ⁉　止まれ‼」

校舎に入り、階段を上っている最中だった。

二階と三階の踊り場で、大人に見つかった。

心臓が跳ね上がって口から吐きそうになる。

——なぜその可能性を忘却していた？

月森《つきもり》がなにも気にする様子を見せないから？　二日間まったく気配がなかったから？

ただ、調子に乗っていただけか。

「君は一体……あれ、一組の子……？」

一瞬逃走の選択肢がよぎって、すぐ観念した。

非常灯が照らす階段でも、お互いの顔ははっきり見えてしまった。

漆黒の長い髪。金縁の眼鏡に、白衣。上からやってきて正太《しょうた》を見下ろすのは、ちょうど今日授業を受けてきた、英語担当の海老名《えびな》だった。

残業の可能性はあった。もっと慎重に確認するべきだった。でも後悔しても遅い。

「ここで、なにをしている？」

「……わ、忘れ物を取りに来ました」

とっさにでまかせを口にする。

「夜に無断で入るのは不法侵入だよ」

不法侵入。その言葉に、ずんと体が重くなる。もしかして法律にも違反してしまったのか。だとしたら、どんな処罰が下されるのか。親にも連絡がいくのか。ぐるぐると目が回った。

「今、入ってきたばかり？」

「……はい」

一段、また一段と海老名が階段を下り、迫ってくる。

「なにも、見てないな？」

海老名が正太の肩を両手でつかむ。

「…………は、はい」

質問の意図がよくわからないが、頷《うなず》く。

「なら今日のところは、特別に許そう。二度と不法侵入なんてしないように」

「……え？」思わぬ寛大な処分に、一気に力が抜けた。「……いいんですか？」

「見なかったことにしておく。まともにやっちゃうと……わたしもまあ面倒臭いし。だからさっさと帰りなさい」

よほど不安げな顔をしていたからだろうか、海老名は正太を安心させるように微笑《ほほえ》む。

よかった。お堅い先生じゃなくて、まだ若くて生徒とも距離が近いから理解があった。ドSなんて言われているけど、やさしい先生じゃないか。

「――待って、エビ先生！」

そこに現れるべきではなかった人物が、出てきてしまう。

月森《つきもり》だ。教室に引っ込んでくれていれば、見つからずに済んだのに。正太のせいで、月森の居場所が奪われては――。

「彼は、私が呼んだから！」

その言葉に、眼鏡の奥で海老名の目が鋭く光る。

「……それを許した覚えはないよ？」

「ごめんなさい。でも……」

「話が違うね、そうなってくるとさ」

待て。少なくとも二人は……お互いが夜ここにいることを、認識している？

「あの……」

「君はさっさと帰るっ！」

海老名《えびな》が正太《しょうた》の体を無理矢理《むりやり》に反転させて、背中を押してくる。階段なので踏みとどまるのが難しく、否応《いやおう》なく下へ下へと追いやられてしまう。

「あのっ、どうして月森《つきもり》はいいんですか⁉」

その場に立ちすくむ月森との距離が離れる。今引き下がると、もう二度と夜の月森には会えない気がした。

「関係ないよね。早く帰らないと、出るとこに出なきゃいけなくなるけど？」

「私は夜、ここで勉強をしているから！　勉強をするのなら使っていいって、認められているから！」

月森の声が階段に響いた。

「勝手な解釈をしない！　月森さんが東大を目指すからのはず！　そういう契約！」

海老名が大声で返す。

「じゃあ、他の人でも東大を目指していれば……」無意識で口にしていた。

「君は東大を目指しているのか？　学校にも希望進路をそう出してる？」

今はただ……屁理屈《へりくつ》みたいな発想で言ってみただけだ。

まさか自分が、九十九％側の人間である自分が、無謀にも、分不相応にも東大を目指すことなんて——。

「いえ……、僕は違います……」

「だよね。じゃあ帰って、もう夜は学校へ来ないように」

校舎から追い出される。ふらついて、正太は転《こ》けそうになった。

「学校は昼間に来るところだよ」

背後で、校舎の扉が閉じられる。

☽『己が生きるべき世界』

朝学校に行く、真面目に授業を受けてまっすぐ帰宅する。家でルーチンをこなし、『夜の息継ぎ』時間に入る。

溜《た》まっていたユーチューブの新着動画を観《み》る。

ツイッターを開く。ひさびさにポエムアカウントに投稿した。一件だけいいねがついた。

音楽を流しながら、途中だった文庫本を読み終えた。

そして眠りに就く。

何日か繰り返すうちに、やっと普段の温度を取り戻していた。

元の、いつもどおりの毎日が流れていく。

真面目に過ごしながら、ちゃんと夜に『息継ぎ』も用意する。正しい生き方だ。

今思えば夜の教室に不法侵入するなんてこと、よくもやっていたものだ。

それこそあまりに無謀だ。

真面目に、着々と積み上げてきた生活を危うくすべて失いかけたのだ。

あの夜はどうかしていた。バカげた夢を見ていた。

そう、夢と思った方がいい。すべてを忘れて、元の世界に戻ろう。

英語の授業で海老名《えびな》と顔を合わせたが、特段なにも言われなかった。

ちなみに英単語の小テストは十九点でクラス最高だった。起きていれば満点確実の学年一位が眠っており、白紙だったためだ。満点じゃないのが、悔しかった。

相変わらず月森《つきもり》は授業中眠り続けている。

藤隼《ふじはや》高校は文系理系が一緒になった文理合同クラス制で、選択科目による教室移動がしばしば必要になる。その移動の際以外は、席を動くこともない。

クラスの誰も月森に話しかけることはない。それは正太《しょうた》も同じだ。

夜に出会った彼女との関係は、夜だけのものだった。

机に突っ伏したままの月森の表情を窺《うかが》うことはできない。

誰も月森の本当の姿を知らないんだろう。

クールだけど意外と表情豊かであることも、
お茶目《ちゃめ》でふざけたことを言ったりやったりすることも、
勉強の可能性への熱い想《おも》いを持っていることも、
本当はクラスメイトに関心を持っていて友だちがほしいと思っていることも、
それらすべては夜に隠された秘密だ。

休み時間の今、目に映るのは、丸まった彼女の背中と、光を浴びてキラキラと輝く長髪だけで――。

「おーい、また月森さんを見つめてるぞー！」

麻里《まり》がにゅっと正太の前に現れた。

「この間もなかった？　……まさかっ⁉」

麻里が溜息《ためいき》を吐《つ》きながら正太の肩に手を置いた。

「やめときな、正太ちゃん。今までこんなことなかったから応援してあげたいけど。いくらなんでも高嶺《たかね》の花《はな》すぎるよ」

「……は？」

「一目惚《ひとめぼ》れしたんでしょ。確かに綺麗《きれい》だもんね、月森さん」

「違うって」

「美人はそりゃ遠くから眺める分にはいいけど、実際隣に並ぶとキツいと思うよ。嫌でも自分と比べちゃうじゃん。正太ちゃんもまあ悪いとは言わないけど……ねえ」

自分と月森はあまりにもかけ離れた存在である。

「喋《しゃべ》ったことないけど……きっと変わった子でしょ。正太ちゃんと話、合う？」

考え方は絶対に違う。見ている地平も違う。

他の人間よりも月森に近づいてみて、だからこそより強く、その違いを感じ取っている。

「ていうかその紙、調査票じゃん？　正太ちゃん、まだ出してなかったの？」

正太《しょうた》は机の上に白紙の進路希望調査票を広げていた。もう提出期限になる。

「いつも真面目に頑張ってるし、県立を目指してもいいと思うけど。今の段階から安パイの公立にすべきか迷ってる？」

順当に行くなら公立。チャレンジ目標なら県立。

それが藤隼《ふじはや》高校内でも三十位から五十位をうろうろするような、田舎の中堅公立高校でもトップになれない、正太みたいな『普通』の人間にとっての、分相応である。

月森《つきもり》みたいな、自由に世界へと羽ばたける人間と違って……。

「月森さんはどこの大学志望するんだろうね？　……って前も言った気がするなこれ」

麻里《まり》が腕組みしながら続ける。

「あれか、数年に一人は出るっていう東北大学合格コースか。旧帝大！　すごすぎ！」

「僕らとはレベルが違うから……。もっと……上かもね」

「もっと？　それより上って……どこ？　うーん……東京大学？　流石《さすが》に無理じゃないの？　や、全然想像つかないんだけどさ」

自分たちにとって東大受験なんて、雲の上で行われる戦いだ。

おとぎの国の登場人物でもないのに、別世界に迷い込んではいけない。それは人生を台無しにする愚行だ。戦って勝者になれる人間と、敗北すべき人間は決まっているんだ。

正太はシャーペンを手に取り、用紙の上に滑らせる。

「お、第一志望は県立か！　うん、それがいいと思うよ！」

自分の生きるべき世界をはっきりと書き記す。

下校して家に入ると、母が入れ替わりで出勤するところだった。

「おかえり。今日は学校どうだった？」

玄関でヒールを履く母が聞いてくる。

「いつもどおりだよ」

「そう、今日も勉強、頑張っているのね」

「頑張って……というか真面目にやってるよ」

なんとなく「頑張っている」とは言えなかった。少し前までは、言えた気もする。

「もう三年生で受験だものね。塾は、本当にまだいいの？　その分のお金はお父さんからも絶対にぶんどるから」

母は鼻息荒く言う。

「……うん」

「最終的に受けるのは県立でも公立でも、どっちでもいいけど。学部を決めたら教えなさいね。じゃあお母さん、もう行くね」

「……うん。いってらっしゃい」

制服から家着のスウェットに着替え、正太のルーチンが始まる。

米をといで炊飯器をセットする。

風呂掃除をする。

ダイニングで今日出た宿題と、予習を行う。

健康のための筋トレをする。

ニュース番組を見ながら夕食を取る。

ほとんど無意識で正太《しょうた》の『昼』の生活が終わる。

時刻は夜の二十時だ。

自室に入って、椅子に体を預ける。

パソコンを立ち上げて、ネトフリの動画を観始《みはじ》める。一昨日《おととい》から観始めた、海外ドラマの続きだ。警察署を舞台に、そこにヴァンパイアが潜んでいる……という話だった気がする。確か。あれ……全然違うか。ストーリーを忘れてしまった。今は観るのをやめよう。

ラジオのタイムフリー配信でも聴こう。アプリを立ち上げる。どれにしようか……迷うが……どれの気分でもなかったのでやめた。

マンガにしよう。買ってまだ読めていなかった単行本を開く。前から好きな作者が描く、魔法少女ものの新作だ。絵に勢いがあって、テンションも高くて、センスも独特で面白い。でも面白いのに……いつものようにマンガの世界にのめり込めない。掛け時計の秒針音が、やけに耳障りだ。

いつもは時間が足りないくらいにあふれる夜にやりたいことが、今日は見つからない。

夜の時間が『息継ぎ』にならない。

原因は……わかっていた。

昼の決断が、小骨のように喉の奥に引っかかっている。

でも、もう決めたのだ。だから迷う必要はない。

挑戦はしない。

無謀なことはしない。

それは凡人にとって当たり前の選択だ。

そう思うのに、あの決断は誤りじゃなかったのかという考えが何度も頭をもたげてくる。

目を瞑《つぶ》る。このままじゃダメだ。このままじゃ『夜』が失われてしまう。もうイレギュラーな事態は終わったはずなのに。最悪だ。

彼女になんて、出会わなければよかった。

自分は、分相応に生きるのだから。

今日は早く眠ろう。

さっさと明日の『昼』を始めてしまおう。

☽『間違いだらけの挑戦』

また新しい『昼』を終えて、再度『夜』がやってくる。

『夜』とは本来、心を安らげるための時間だ。

――だからこんなことは、本当は間違っている。

正太《しょうた》は、校舎の廊下を歩いていた。

夜に、一人で。

まったくもってありえない。完全な不法侵入だ。どんな罰を下されても仕方がない。

ひたひたと自分の足音だけが響く。

現在進行形で、正太は道を踏み外している。

誰もいない、外から入る光でぼんやりと照らされる廊下は、異様に長く感じる。

一歩一歩が重い。その間に嫌でも思考が駆け巡る。

戻れ。まだ間に合う。間違っている。日常の世界に自分を引き戻そうとする警報音が延々と鳴り続けている。なのに足だけが、自分の意思に反して止まらない。

まるで夜の魔力に、取り憑《と》かれたように。

異界に、引き寄せられるように。

正太は夜の教室に足を踏み入れる。

教室では、二人の人物が待ち構えていた。

部屋の真ん中に置かれた卓上ライトが消え、教室の電灯が点《つ》く。

薄暗かった部屋が目が痛くなるほど白くなった。窓の外の闇が濃くなった気がした。

正太を待ち構えていたのは、月森《つきもり》と海老名《えびな》だった。二人が揃《そろ》っているのは予想外だった。

海老名は、あとで月森に呼び出してもらおうかとでも思っていた。

電気を点けた海老名は、苛立《いらだ》ちを隠そうともせず、苦々しい顔をしている。

「真嶋《まじま》君……」声を上げようとした月森を「黙って」と海老名が制した。

月森は大人しく口をつぐんだ。目を潤ませて、着席している。

「真嶋君」と海老名が切り出す。「夜に学校に立ち入っちゃダメ……って当たり前の話、理解してもらえたと思ったんだけど？　ちゃんとした処分が、お望み？」

海老名の言うとおり、道を外れた行いだ。

だけど人に道を踏み外させる者が魔女とするなら、自分は魔女に出会ったのだ。


「今日、進路希望調査票を提出しました。俺も東京大学を目指します」

昼間にはとてもじゃないが、東京大学なんて書けなかった。

才能に愛されていない、九十九％側の人間が目指すなんて、ありえないんだ。

今まで勉強をやってきたからこそ、身の程はわかっている。

勉強に魔法なんて存在しない。あるのは現実だ。

覚えたはずなのに忘れて、完璧だと思ったらミスをして、トリッキーな問われ方に混乱して、将来解けるようになるとも感じられない問題に直面して絶望する。

その繰り返しだ。

だから昨日の昼間、第一志望に『県立』と記入した。

でもその夜に、書いた文字を消しゴムで消し去った。

誰もいない夜に――自分だけの時間に。

「……一応聞くけど、なんで急に言い出したの？　元々は目指してなかったよね」

詰問が始まる。これからが勝負だ。

感情はまだ揺らいでいる。だから長々と理由を語るのは諦め、すくい上げたシンプルな言葉を口にする。

「本気の勉強をしたくなったんです」

これまでも勉強はしてきた。

でも、本当の勉強をしたことがあっただろうか？

学びたいと切望して勉強をしたことは、なかった。

自分はこれから初めて、本当の意味での『本気の勉強』に出会う。

初めて本気の勉強をするんだから、自分がどれだけできるかなんてわからない。

だから目標に忖度《そんたく》は無意味だ。

冷静になれと言う自分もいる。人に笑われ、バカにされるかもしれない。

ただ少なくとも夜は、誰の目標も笑わないで受け入れてくれる。

「東大を目指すので……夜の教室を、俺にも使わせてください！」

そう言えるのは、『夜』の自分だからだ。

志望校を東大にすれば使わせてくれる――そんなルールが存在するのかはわからないが。

「そりゃ目指すのは、自由だけど」

希望が見えた。

「じゃあ夜の教室で勉強を――」

「だったら普通に塾に行きな。家で勉強しな。この教室を使う必要は、なくないか？」

完全な正論である。

「私が真嶋《まじま》君を東大まで導くって言って。それで、必要な知識を夜に教える約束を」

「黙って、って言ったよ、月森《つきもり》さん」

海老名《えびな》に叱られ、月森はしゅんとうつむく。助け船は期待できない。

「……えっと、今から目指すには月森みたいな人の才能を借りないと」

「なら、なおのことプロに教えてもらった方がいい。藤隼《ふじはや》高校の教師陣だけじゃ東大受験に心許《こころもと》ないのは認めるよ。難関大に対する受験ノウハウないしね。だけど今は、ハイレベル塾もある。そういうところも検討すれば？」

「月森に、勉強の可能性を見せてもらえたんです。だから月森じゃないと……」

彼女の前で勉強する必要がある――どうすれば、この気持ちは伝わるんだろうか。

「なんで月森さんにこだわるの？　まさか月森さんのこと……狙ってる？」

「ね、狙っているとかじゃなく……。ただ……力になれたらとは……」

海老名は月森の事情を知っていそうだが、確かめていないのではっきりとは言えない。

「……力になってくれるのは嬉《うれ》しいよ」

海老名《えびな》の攻撃的なトーンが一瞬だけ和らぐが、

「でも別にこの場所じゃなくたっていいはず。だよね？」

だからといって海老名は手を緩めてはくれない。

「東大を目指すなら真っ当に目指せばいい。月森《つきもり》さんの力になるのは別のやり方でもいい。こんな非合法なやり方に頼らずとも。なんか、夜じゃなきゃダメな理由でもあるの？」

夜じゃなきゃダメな理由は――論理的にうまく話せない。胸がぎゅっと詰まる。

「……月森さんにも話は聞いてる。ここ数日のことなんだよね？　そんな一時のノリと勢いみたいな、生半可な覚悟で東大なんて言い出すのはよくないよ」

――生半可なつもりはない。首の後ろがじわじわと熱くなる。

「一年で東大合格なんて、ドラマの世界では簡単に言ってるけど。だったらなんで、うちみたいな普通の公立高校から東大合格者が全然出ないの、って話で」

――不可能に近いのはわかっている。喉の奥がちりちりと痛む。

「志を高く持つのはいいけど、東大にこだわらなくても。いい大学は他にもあるし」

――東大なんて、こだわらなくてもいいものだ。頭が真っ白になる。

「君には、どうしても東大を目指さなきゃいけない理由がある？」

『昼』にその理由はない。『夜』にも……本当はない。なら目指さなくていいだろ？

「理由は――」

分相応に生きる。分不相応に高望みして失敗を繰り返す父を反面教師に。『昼』は真面目に。『夜』に息継ぎをしながら。なるべく安全な海路を泳いでいく。それが自分の、もっとも幸せな生き方だから。

「——あります」

必要なんだよ、だから。

「じゃあ理由って」

『夜』のもっと奥にその理由はある。真っ黒に塗られた世界を覗《のぞ》いた先にある。

そこには——『闇』が待っている。

「この女が……俺の『夜』に入り込んでくるからだよっ！」

海老名は目を丸くする。驚いている。そりゃそうだろう。急にキレたみたいな。危ない奴《やつ》じゃないか。でも止めないし、止まらない。

「別に俺は分相応に生きられればよかったんだよっ！　それでっ！」

大声を張り上げ、胸の中にある塊を夜に吐き出す。

「俺にも可能性があるかもって、思わせるなよ⁉　思ったら、それを夜にずっと抱えなきゃいけないだろ⁉　下手をしたら一生だ！　もしかしたら……頑張れば東大に受かったかもしれない……。俺の分相応は……ここじゃなかったかもしれない！　そんな妄想が離れなくなる！」

分相応の基準が、どこかわからなくなった。

「可能性があるのに挑戦しなかったら……嫌でもよぎるだろ⁉　『あの時ああすれば』『も

しこうしていれば』……そんな後悔をずっと俺に抱えさせせんのかよ⁉」

昼は別に気にならない。真面目に忙しく過ごしていたら、時は過ぎていく。

でも、夜、夜になると。

「夜になると……夜に一人でいると……ずっとそんな想像がぐるぐる頭の中で回るんだよ！　おかげでちっとも夜が楽しくない！　俺の夜が！　大好きな夜が!!」

『もしも』が邪魔して、焦燥感に駆られ続ける。今、この手のひらの幸せが逃げていく。

そんな夜を、これから永遠に過ごし続ける？　耐えられるはずがない。

「だから俺は……本気で東大を目指して勉強をして、自分には東、東大に行、行く才能がないって、い、い、証明する」

「は……え？」海老名《えびな》が間の抜けた声を出す。理解不能だと言いたげだ。「東大に行く才能がないって証明……って行く気がないってこと？」

「行く気はあります。でも才能がないので、受からないと思います」

「……おお？　受かれば、行く？　でも受からないから結果行かない……ということ？」

「はい」

「……どういうモチベーション？　勉強続く？」

海老名は完全に戸惑っている。

「できます。だって手を抜けば……ずっとついて回る。『あの時ああすれば』とか『もっと頑張れば』とか。一生そんな後悔を抱えるのだけは嫌です。俺はここで最大限の努力をします」

「老婆心だが……もうちょっと、肩の力を抜いて考えてもいいんじゃ……」

「でも、どこかでやらないといけない気がするんです。俺の人生の中で、一度は。本気で努力をしないと……」

そう、これはいつか必要なことだったんだ。

「自分の無能の証明ができない」

避けては、通れない。

「ネガティブというか……。いや……ある意味、ハングリー……？　うん……でも『ここで全力を出さないと死ぬ』って切迫感がありそうなのは……伝わった」

ほんの少しだけ、風向きが変わる。

「それって悪くないんだよね。安直な憧れだけだと、人は妥協しがちだから」

ぶつぶつと海老名がつぶやく。

「あれに似てるな、『二十歳《はたち》まではこの競技を全力でやり切ります。それでプロになれなかったら辞めます』みたいな。そのやり切る競技の対象が、東大受験」

そんなに格好《かっこ》いいものじゃないと思うが、腑《ふ》に落ちる部分はあった。

「かもしれないです。もし東大に合格できて、自分の力が認められるなら……俺はその時初めて、この町も出ていける」

逆にそうじゃなきゃ、自分はずっとこの町で生きていく。それが自分の分相応だ。

「……うん、実際いいんだよ。ちゃんと戦って、負ける。それは尊いんだ。戦わなければ、確かに負けない。でも自分と向き合う機会を逸する。本気で勉強で戦った奴《やつ》にしか『自分は勉強ができません』って言う権利、本来はない」

うんうんと頷《うなず》きながら海老名《えびな》は言う。

「勉強だろうが『小説を書く』だろうが『バンドをやる』だろうが、挑戦はいいことだ」

……まさか、全部を吐き出してしまうとは。しかも分析されているのが恥ずかしい。でもそんな清く明るい挑戦じゃないんだ。この気持ちは、この自分だけの気持ちは、理解されるはずない。

「ただ初めから負け前提だって言い切る奴はなかなかいないよなぁ」海老名の顔が喜色に包まれていく。「あるんだろ切望感が、絶望感が」

むしろ生暖かく笑われるだけなんだ。他人に、大人に、この気持ちはわかるはずがない。

「そいつがわたしに——わかるなんてまさか言わないよ」

海老名がくつくつと笑いを漏らす。

「それは、お前だけのものだろ。他の誰のものでもない」

瞳に浮かぶ愉悦の色は、とても教育者のものとは……思えない？

「いやぁ、捻《ひね》くれているな。ねじ曲がっているな。『闇』を抱えているな、きっと。じゃないと出ないよ、その切迫感。できないよ、その目。正直、嫌いじゃない。いや嫌いじゃないどころか大好きさ！　面白いよ本当に、なあ！」

漆黒の髪をかき上げる。金色の眼鏡が光る。白衣が誘うように揺らめく。

海老名はただ純粋に楽しんでいるようにさえ映る。

「そんな君には……夜の教室が必要なのかもな」

深淵《しんえん》につながる扉が開いた──そんな気配を感じた。

夜を越えた闇がそこにある。

その暗闇の先には、なにが待っているんだ？

ごぉうごぉうと、唸《うな》りを上げる風が闇の奥からやってくる。

「って言ってるけど、こんな動機の子に教える気あるの、勉強？」

海老名とともに振り返る。

座っていた月森《つきもり》が立ち上がっていた。

暴風吹き荒れる暗闇の世界に、一筋の光がはっきりと差す。

「ええ。動機はどうあれ、彼が覚悟を持って勉強をする意志は伝わったので」

黄金色の少女が、静かな、でも業火のごとく強い意志を感じさせる口調で、言う。

「ならば必ず、私が東大に合格させてみせる」

宣言が光の矢のように正太《しょうた》を貫いた。

青みがかった瞳には一切の迷いが見られない。

ただひたすら純粋に――東大に受からない証明をしたい奴に勉強を教えられるか？

なにかがズレてないと、無理だ。

そのまっすぐすぎる姿は、異様にも映る。

「あっはははは！　はっはははははっ！　いいな！　最高だよお前ら！」

手を叩《たた》きながら、お腹《なか》を押さえながら、今度こそ海老名《えびな》が深夜の教室で大笑いする。

「わたしは捻《ひね》くれてねじ曲がった奴《やつ》らが大好きなんだ！　そういう奴らに会いたくて教師になったようなもんさ！　リスクを背負ってもやる甲斐《かい》があるね！」

まさか夜の教室の使用に関して、まともに許可が取れているとは思わない。

そう、だからこの教師もまともなはずがないのだ。

「いいよ、二人で夜の教室から東大を目指せ！　願わくば、二人とも東大に合格してくれ！　わたしは心の底からそんな未来が迎えられることを期待しているよ！」


これはきっと初めから間違っている。

歪《いびつ》で異様な、夜に囚《とら》われた世界で始まる、受験物語。

Date

「眠り姫先生の『本気の勉強』講座」

①夜勉のススメ

勉強は絶対に真面目にやらなきゃ身につかないわけじゃないわ。
大事なのは「しっかりと身につける」こと。身につけさえすればお菓子を食べても大丈夫よ。

……食べたいだけじゃないのか?

②英単語の覚え方

英単語は「書いて覚える」んじゃなくて、「見て覚える」。
一単語一秒で、何度も反復するのがオススメよ。
ポイントは「書くことで満足しない」ことね。

うっ……耳が痛い。

第二章

『夜の秘密授業』

「祝！　ようこそ、夜の教室へ！」

正太《しょうた》が夜の教室に入ると同時に、パン、パンとクラッカーが鳴った。

ひらひらと色とりどりの紙吹雪が舞う。

「そんなことより海老名《えびな》先生に呼び出されたんだよ！」

海老名から許可が下り、月森《つきもり》と夜の教室で勉強を始めようとした矢先だ。

「待って真嶋《まじま》君。まさかリアクションしないの？　準備に準備を重ねた私の苦労はどこへ？」

「いきなり重大なことを言われたんだ……！」

「えっ、本気で？　この格好《かっこう》も……？」

「次の中間テストで、俺が学年五位以内を取らなきゃいけなくなったんだ!!」

「私のパーティーメガネと三角帽子《さんかくぼうし》とテカテカジャケットもスルーするつもり？」

月森が派手派手しい格好をしているようだが。

「ちょっと邪魔なんで一回やめてもらって」

「流石《さすが》に泣くわよ!?」


──放課後、正太は海老名から英語準備室に呼び出された。

藤隼《ふじはや》高校には教科ごとに準備室が存在し、校舎内の各フロアに点在している。

正太のクラスのフロア端にも英語準備室があった。あまり人の出入りがないのでただの物置という認識だったのだが……実は海老名が個人利用しているらしい。

鎮座する冷蔵庫。棚にはホットプレート、トースターなどの調理器具。箱買いされたお菓子や飲料水。生活感がありすぎだ。

「いやぁ、揉《も》めたね。揉めた。大揉めだよ」

ワークチェアに座った海老名が、くいと金色の眼鏡を持ち上げる。

実は正太が進路希望調査票に『東京大学』と書いたことは、職員室に一波乱を起こした。

『悪ふざけじゃないのか』『でもこういうことする子じゃない』『浪人前提はよくない』『浪人しても無理だからやめさせるべきだ』などと侃々諤々《かんかんがくがく》だったようだ。

「しかし最終的に、真嶋君の第一志望東大は正式に受理された」

「おお！　……ほっとしました」

正太《しょうた》が胸をなで下ろすのにはわけがある。夜の教室を使うために海老名《えびな》から提示された条件があったのだ。

それは『学校内で東大志望者として認められていること』。

実際「口だけ東大志望の状態じゃ認められない」というのは正論なので、妥当な判定基準だと思う。

「なんとか『本人に意欲があるならまずは邪魔すべきじゃない』で議論は着地したから。わたしも結構援護したよ。いやぁ、頑張りすぎて変に思われたかも」

「あ、ありがとうございます」

正太は頭を下げる。夜の海老名は教育者とは思えぬ振る舞いだったが、昼間に会うと、適度にフランクで生徒人気の高い先生に見える……気もする。

「でも流れで、次の中間テストで学年五位以内に入らないと、東大受験は諦めさせるってことになったから」

「…………はい？」

「じゃあ頑張って五位以内とってね、よろしく～」

「ちょ、ちょっと待ってください！　五位って!?　うちの学年五クラスだから実質クラス一位じゃないですか!?　しかも一位は確定してるし！」

不動の一位はもちろん月森灯《つきもりあかり》である。

「実質残りの四枠に滑り込めって話になるか」

「学年で三十番から五十番をうろうろしてる僕が、一ヵ月と少し後の……五月末の中間テストでいきなりそんな順位になれるわけが……」

「それくらいやってくれないと。東大なんて箸にも棒にもかからないよ」

「ぐっ……」

「だいたい真嶋《まじま》君、東大に合格できない証明をするんじゃないの？　まさか記念受験して玉砕するまでが、挑戦なの？」

「いや……そういうわけじゃ……」

東大に届かない証明を終えたら、最後は県立とか、公立を受けるものだと思っている。

「どこかで引き際を考えるわけだ。だったら途中に関門を設けた方がいいよね？」

「それは、そうなんですが……。一ヵ月後は早すぎる気が……」

せめて自分が全力を出し尽くして戦い切った、と言えるところまでは行きたい。

「大丈夫。月森さんに確認したら、『余裕ですやぁむにゃむにゃ……』って言ってたし」

「昼間は寝ぼけて確実に判断が狂ってますよ、それ！」

「さあ、東大に行ってくれよ真嶋君！　そしてわたしの転職の役に立ってくれ……フフ」

海老名が東大を目指す生徒を密《ひそ》かに支援する理由。

それは捻《ひね》くれた生徒が見たいから……だけじゃなくて、もっと別の理由もあった。

『わたしはド田舎地方高校から、学校初の東大合格を出したカリスマ女教師として一般企業へ華麗なる転職を果たす！』

そう叫んだ時の海老名《えびな》は完全なドヤ顔だった。

なんとも俗っぽい理由だ。が、それくらいメリットが目に見える方が信じられる。

まあ、転職の意思を悪びれることなく披露する教師はネジが外れていると思うが……。

月森《つきもり》が夜の教室を使用できるよう手を回す、代わりに、合格した暁には月森が『先生のおかげです』と証言しまくる、という契約を結んでいるらしい。

「これでやっと低賃金ブラック職場ともおさらばだ」

「……捻《ひね》くれてねじ曲がった生徒が見たいんじゃないんですか？」

「真嶋《まじま》君。好きなことだけじゃ食べていけないんだよ。世の中、金だよ金」

高校教師としてはあるまじき発言だ。

「中二みたいなことをずっとやってられないのが、人生なんだ」

語る海老名の言葉が少し引っかかる。

「中二って……ああ中二病ってことか。リアルでも使うんですね」

「え……もしかして古い？　わたしって、もうおばさん……？　……やっぱ転職だ！」

「――ということがあって」

「らしいわね。でも、その程度のハードルは越えていかないと、東大には届かないわ」

学年五位は『その程度』のハードルになるのか。

「私からあらかじめ一つだけ。私は、真嶋君が東大に合格するための方法を教える。少しスパルタになるかもしれないわ」

　月森の脅しに、思わず背筋が伸びる。

「だからもし嫌になったら、いつでも自分の意志でやめていいから」

「俺が折れたら終わりってことだな……」

　中途半端な努力では自分の限界にたどり着いたとは言えない。

　あらためて覚悟を決めよう。

　これから勉強が始まるのだと、正太《しょうた》は二人で使うには広い教室を見渡す。

「ところで、黒板の輪かざりってなんのために？」

「……今さら触れられても逆に恥ずかしいからやめて……」

　なにか月森に悪いことをした気がする。

　先ほどおかしな格好《かっこう》をしていた月森は、今は普段の制服姿になっていた。

　時間がないから早速始めましょう、そう言って月森は教壇に立った。

　正太は月森の正面、前から二番目の席に座る。

　窓の外は、当然とっぷりと日が落ちている。

　夜の窓ガラスが鏡になって、月森と正太二人の姿が映し出される。

　二人だけの教室で、秘密の授業が始まる。

「最初に、一番大事なことを伝えるわ。すべての勉強、そして帰結する『学力』を示す公式よ。つまり『学力』の……正体ね」

月森《つきもり》が黒板に大きく文字を書いた。

『勉強時間×単位時間当たり勉強量×変換効率（素質・状態）＝学力』

「これが学力のすべててよ。これ以上でも、以下でもないわ」

学力を分解して考えてみるなんて発想、持ったことがなかった。

「勉強時間。これはいいわね。かけた時間が長ければ学力は上がる。でも中には勉強時間だけ増やせばいいと思っている、大間抜け野郎がいる。特に指導者でそう考えているのは万死に値すると言ってもいいくらい」

「……っ、月森？　急に口が悪くなってるけど……」

「あ、ごめんなさい。つい想《おも》いがあふれて」

内に秘めたるものがあるようだ。

「次、単位時間当たり勉強量。ここを勘違いしている人が多いわ。一時間の勉強で、数学の問題を一問しか解かなかった人。一時間の勉強で、数学の問題を三問解いた人。学力は同じだけ上がる？」

「……いや」

「同じ『一時間の勉強をした』でも、人によって量がまったく異なるわ。一時間に一問しか解けない人の二時間よりも、一時間で三問解ける人の一時間の方が総量は勝る。『勉強時間が短いのに、勉強ができる人』の多くは、ここの量が優秀なの」

「やっぱり才能が必要って話じゃ」

「いいえ、ここはやり方の話よ。先に三番目ね。変換効率には、残念ながら真嶋《まじま》君が言う『才能』、つまり素質も含まれるわ。一を聞いて十を理解する子もいるから」

「……認めるんだ、勉強の才能を」

少し意外だった。才能は皆平等と言うものだと思っていたから……。

「生まれ持っての素質はあるわ。ただし、素質は定数で変えられないから無視。考えても無駄でしょ？」

月森は合理的に切り捨てる。

「その代わり自分の『状態』は意識して。例えばいくら勉強を進めていても、眠くて意識《いしき》朦朧《もうろう》だと変換効率はゼロよ。学力は上がらない」

とにかく大事なのは、と月森は続ける。

「『勉強時間×単位時間当たり勉強量×変換効率＝学力』の要素分解を意識しつつ、学力最大化を図っていくこと。しっかり頭に叩《たた》き込《こ》んで」

「は、はい」正太《しょうた》はノートにメモを取る。

「じゃあ一つずつ確認ね。ここからは、真嶋君の本気度もかかわってくるわ。はっきり言うけど、今から東大を目指すなんて無茶《むちゃ》だし、かなり舐《な》めているから」

「話が違う!?　誰でも受かるんじゃないのか!?」

いきなりハシゴを外された。

「本気で、かつ最大限効率よく、すべてやり切る必要があるということよ。残りの高校生活を全部、受験に捧《ささ》げるけれど、構わない？」

「ああ、それはもちろん」

「……………躊躇《ためら》いが一切なかったわね。高校最後なんだから、青春したいとか……」

「全然ない」

「……この濁りのない目は、エビ先生も納得するわね」

「なにが？」

「一応心配されたでしょ、二人きりになることを」

そういえば海老名《えびな》が『不純異性交遊は禁止だぞ。夜の教室に忍び込んで二人でチョメチョメなんてうらやま……じゃなくて！　バレたら擁護しきれないから』と言っていた。

ちなみに『抜き打ちで見回るからな！』ということで、海老名も夜の学校にちょくちょく顔を出すようだ。

「でも俺たちは、勉強するんだろ？」

自分たちの関係は、たぶん教師と生徒のものに近い。

ならいいわ、と納得したらしい月森《つきもり》が続きを話し始める。

「まず『勉強時間』。これは真嶋《まじま》君がやれると思うすべての時間を勉強に充てて」

「目標時間は？」

「睡眠時間だけは削らずに、やれるかぎり。まずはやってみて」

正太《しょうた》はそのとおりにメモをする。

「次、『単位時間当たり勉強量』。時間だけじゃなく量を意識する。基本的に『机に座っているけど頭が働いていない時間』はゼロにして。例えば、数学でわからない問題が出て詰まったら、考えずに答えを見る」

「えっ……考えなくていいのか？」

「数学の基礎知識がすべて身についたあとなら別だけど、前段階なら無駄よ。考えているようで、実際は固まっているだけでしょ？」

考えているようで、実際は固まっているだけ……心当たりがありすぎる。

「基礎となる暗記を必要としない科目なんて皆無よ。英語は言わずもがな。国語だって語彙力から始まる。応用段階に入る前は、わからなければすぐ答えを見て、覚える」

考えることこそ勉強と思っていた。でも月森に言わせれば違うようだ。

「学力向上に寄与する形で問題を何問解けるか、重要になるのはその考えよ。そして最後は『変換効率』。真嶋君は『集中の度合い』、あとは体調やメンタルを含めたコンディションを気にして。一切頭に入らないのなら、勉強なんてしない方がいい」

と、不意に月森が口をつぐむ。不安げな表情で正太を見てくる。

「……勉強、楽しくなさそうだって思った？　東大に一年足らずで合格するためには、受験に特化したやり方になって……」

「望むところだよ。東大を目指して全力を出せなきゃ意味がない。それに……」

不思議な感覚が湧き上がっているのを、正太《しようた》は感じていた。

「今、わくわくしてるんだ。俺の学力、もっと上がるんじゃないかって。今までそんな風に思ったことなかったのに……。いや、勘違いなんだろうけど」

優秀な生徒にコツを教わったからって、調子に乗りすぎだろうが。

「その感覚、忘れないで」

月森《つきもり》は嫌に真剣な目をしていた。

「そのベクトルが上向きの感覚、その上昇気流は、勉強を続ける上で一番大事だから」

「わ、わかった」圧に押されながら正太は頷《うなず》く。

「じゃあ具体的な勉強方法に移りましょうか。まずは伸ばすのに時間のかかる英語と数学に集中。他は後回し」

「ちょ、ちょっと待ってくれ！」どんどん進む月森を一旦止める。

「質問がある時は手を挙げて」

正太は手を挙げる。月森は形にこだわるタイプらしい。

「はい、真嶋《まじま》君」

「英語と数学に集中するのはいいんだけどさ……。今回のハードルは、中間テストで学年五位だから、そのための対策は別途するんだよな？」

「中間テストに向けた対策はしないわ」

「え⁉」

「真嶋君。あなたはテストに小手先の策を弄するレベルにないわ。というかほとんどの人がそうよ。サッカーで喩《たと》えるなら、試合時間の九十分を走り切れないのに、みんなは相手を抜くフェイントの練習をしたがっている。そっちが楽しいのはわかるわ。でも試合で勝つには、まず走れるようにならないと。ひたすらに、学力という体力をつけて」

早速、宣言どおりのスパルタだ。

「……魔法の勉強法でもあると思っていた？」

おののいたのを気取られたのか、月森が聞いてくる。

「いや……むしろ才能がない俺でもできそうだから、安心してる」

それは本心だった。高度な手法を提示され、お手上げになるわけではなさそうだ。少なくともまだ、自分の限界に向かって戦える。

「そうね。才能は必要ないから。やろうとしていることは、とてもシンプルなのよ。合格点到達に向けたプランと効率のよいやり方は、進捗を見てフィードバックしつつ私が完璧にする。その上で真嶋君は勉強時間を引き上げ、すべてやり切る。一時間当たり効率が二倍の勉強を、人の二倍の時間すれば、四倍速で成長できるでしょ」

「なんというか……ストロングスタイルだな」

正太が言うと、にやりと月森が笑みを浮かべる。

「勉強はね、方法さえ間違えていなければ、やればやるだけブチ上がるから」

ぞくっときた。正太《しょうた》も自分が笑顔になっているのに気づく。

なんだろうな。この夜の感じ。

夜に立てる作戦は、無謀でもなぜか実行できる気がしてくる。むしろ無謀であればあるほど一層やる気が出てくる。

「やってやるよ、俺の限界まで」

「プリントも、たくさん用意しているの」

ずっしり。

という擬音がぴったりなプリントの束が、机の上に置かれる。

「……すごいな。こんなに、用意してくれてるのか？」

「ええ。いきなり見せると、驚いて、引いてしまうかと思ってたんだけど……」

うつむき加減でちらちらこちらを窺《うかが》ってくる月森《つきもり》。基本はいたく強気なのに、時折こちらの反応を不安げに気にするのはなんだろうか。

「いや……ありがたいよ。こんなに用意してくれるなんて……」

素直に感動した。気を引き締めなければと思う。

「月森って、重いよな」

「ぐっ……！　……クリティカルなことを……言わないで」

胸を押さえる月森。

予想以上のダメージである。なにか嫌な思い出でもあるのだろうか。

「いや、悪い意味ではなくて……」

「……どうせ私は重い女よ」

キッ、と睨《にら》みつけられた。

「でも真嶋《まじま》君も重いでしょ？　『この女が俺の「夜」に入り込んでくる』、だっけ？　私を夜に想像しまくっているということね」

「そ、それは……言葉の綾《あや》というか……」

痛いところを突かれてしまった。

「……………ねえ、やめましょうか？　お互いに『夜』に秘密を持つ者同士……」

「…………それがいいな」

休戦協定が結ばれる。

「真嶋君。……一緒に、夜を越えられるといいわね」

月森の『夜』の不眠症問題は、間違いなく越えるべきものだ。月森が望みどおり昼の世界に舞い戻れたら嬉《うれ》しい。

だが正太は『夜』をおだやかに過ごしたいだけなのだ。そのために今戦っている。

夜が越えるべきものかはわからなくて、正太は返事をしなかった。

☽『勉強、勉強、勉強』

目覚まし時計が鳴って、正太《しょうた》は起床する。

時刻は七時半。昨日は二十四時過ぎに眠っているので、七時間は睡眠を確保できている。

母は仕事から帰ってきているが、まだ眠りの中なので自分で朝食を用意する。

朝は白いご飯と味噌汁《みそしる》、それに昨夜の残りのおかず。

ご飯を食べながら、正太はイヤホンで英語のリスニング音源を聞いている。

ここ数日、月森《つきもり》からの夜の授業を受けいくつものアドバイスをもらった。

——東大は二次試験でも重めのリスニングが出るわ。だから早く慣れておくこと。

——英語を聞く時に肝心なのは、声は出さなくてもいいから可能な限り口を動かして『音』を覚えること。もちろん一番いいのは音読よ。『言えない音は聞けない』、この鉄則を忘れないで。

朝の登校前ルーチンはほとんど全自動なので、英語を流しながら小声で復唱している。

家を出て、最寄りのバス停へと歩く。

これまで自転車登校の日も多かったが、基本はバスに切り替えた。その方が乗車中も勉強できるからだ。

正太はバス停で英単語帳を開く。

一単語一秒で次々に見ていく。

――入試の頻出単語は早期に覚えて。長文読解といった他の勉強効率も上がる。頻出単語さえマスターできれば、あとは長文読解で単語を少しずつ拾って覚えれば十分だから。

バスの乗車中もずっと単語帳を見ていた。

教室に入っても、授業開始前まで続けた。

一時間目が始まる。

授業の受け方にも大幅なメスが入っていた。

――まず『無意味な予習』をやめなさい。今の真嶋《まじま》君は、漫然とただこなすだけの予習をしている。重要なのは学習範囲にあらかじめ触れることで、ポイントを押さえつつ、わからない部分を明確にすること。授業効率を上げるため、という目的意識を忘れないで。

ただこなすだけの予習には、思い当たる節があったので受け入れた。

――それから、学校の授業は受けない。

授業を受けないなんて古今東西許されるはずがないっっ！　と、流石《さすが》に正太も反論した。

――ね、熱にびっくりした。

それは簡単には受け入れられないと思った。やってしまっては『真面目』の名折れだ。

――学校の授業を無視するわけじゃないわ。言いたかったのは、『受け身の姿勢はやめて、主体的に取り組む』よ。

――それならまあ……。でも授業をちゃんと聞いていれば、主体的じゃないのか？

——『目的意識』がないとダメね。例えば、古文の授業でただ教師からの現代語訳の説明を聞くだけで終わらない。同時に単語を覚える、文法を覚える。『授業からなにを学びたいか』を意識するだけで、吸収効率が変わるわ。ちなみに内職は結果非効率になりがちだからオススメしないわ。

月森《つきもり》の言葉に従い、前のめりに授業を受けた。その時間になにを学べたか、授業の終わりに確認した。それだけで、通り抜けるだけだった教師の話が頭に残るようになった。

授業の合間の休み時間には、昨日学んだことの復習をする。

——勉強は予習より、復習に力点を置いて。これは鉄則よ。

——受験勉強とはなにか。分解すれば、『一、内容を理解し知識にする。二、知識の記憶を保持する。三、本番に適切なタイミングで知識を取り出す』の三段階に分けられるわ。

——よくあるのは、塾や動画教材のわかりやすい授業を聞いて、それだけで満足しちゃうパターンね。『わかった気分』は、さっきの分解で言う『一』番しかやっていない。

——記憶して、本番で使えなければ意味がない。忘却曲線って、聞いたことあるでしょ？　人は忘れる生き物なの。そんな人が覚える方法は一つしかないわ。何度もやる。何度もやれば忘れにくくなる。初めは迷って地図を見ながらたどり着いた場所も、何度も通えば、自然と道順を覚える。復習して。

昨日学んだことを復習する。三日前に学んだことを復習する。

そうするだけで、学んだ『知識』が確実に『記憶』として蓄積されている感覚を持てた。

こんな風に感じられるのは初めてだった。……いや、勉強をしているのだから初のはずがない。なのに初体験に思えるのは、これまで無意識だったものが意識化されたからだ。

昼休みも昼食を早々に終えると、残りの時間を勉強に充てた。

「おーっす、また『真面目』にやってるねー」

「……ん？　ああ」

顔を上げると、麻里《まり》が正太《しょうた》の手元を覗《のぞ》き込《こ》んでいた。ひょこっと首を伸ばしているのがなんだかハムスターっぽい。

「また予習？」

「いや、今は復習」麻里の相手は勉強しながらでも怒られないので、正太はノートに目を落とす。

「………ねえ」

「ん？」再び顔を上げる。

「……なんか、変わった？」

「なにが？」

正太が問うと、麻里は目をぱちぱちとさせる。

「あー……なんか変わった気がしたんだけど……なんだろうね？」

休み時間中でも正太が勉強をしていることは珍しくない。だから幸いにも、他のクラスメイトから「どうしたんだ急に？」と言われることもないのだが。

「……急に力が入ったというか……？　あ……月森《つきもり》さんに恋をしたからか！」

月森の名前が出て「え!?」と声を出してしまった。

あくまで正太《しょうた》と月森の関係は夜だけのものだ。『妙な勘ぐりをされて夜のことがバレてはいけないから』と月森には昼間の接触を控えるよう言われている。

「……というか、いつから僕が恋をしたことになってるの？」

「最近の変化は、正太ちゃんが『深窓の眠り姫』に興味津々なことしか思いつかなくて」

「恋とかそういうことは……ないな。うん、ない」

そういう関係じゃないと思う。

「じゃあ受験モードに入ったのかな？　早すぎるよ～！　焦らせないでよ～!?」

授業が終わったあとも、正太は放課後の図書室で勉強を続けた。

帰路に就く。バスの乗車中は英単語帳を開く。

家に入る直前、出ていく母とすれ違った。

英語のリスニング教材を聞きながら家事を済ませ、食事をする。

まだ家を出るには時間があったので、自分の部屋で勉強をする。

――計算力を上げましょう。四則演算、因数分解。場合によっては小中学生レベルから。

いくらなんでも小中学生レベルはできると思うけど……と正太も反論する。

――限界まで速く、そして絶対間違えない正確性でよ？　数学は考え方が合っていても、初歩的計算ミスで点数を失う危険性がある。仮に拳銃を突きつけられて計算問題を三秒で解け、と言われても余裕と自信を持って答えられる計算力をつけて。

——……そんな状況に遭いたくない。

——簡単な計算が一秒でも速くできる。そして間違えない自信がある。これは絶対的な強みになるわ。

月森からもらったプリントを鞄《かばん》から出す。本当に初歩の計算問題が百題。これをストップウォッチで時間を計りながら、解く。

用意……スタート。

問題を解いているうちに、日が沈んでいく。

オレンジ色の空が藍色を経て、やがて黒に塗りつぶされる。

さて、夜だ。

正太は、夜登校の準備を始める。

☽『夜に学ぶ日々』

夜の三年一組。

本来、夜の学校には外部からの侵入に対するセキュリティが働いているらしい。

だが海老名《えびな》がそこを「ゴリゴリの賄賂でネゴってるから大丈夫」だそうだ。

……違法に変わりない気もしたが、大人の許可があるのでよしとしている（不安だ）。

教室で先に待っていた月森《つきもり》に対して、正太《しょうた》は今日の勉強の成果を報告した。すると。

「……真嶋《まじま》君の狂気性を侮っていたかもしれないわ……」

「え、どこが？」

言われたとおり、今日も真面目に『やれると思うすべての時間を勉強に充てて』いただけなのに。

「真嶋君……今日、勉強をしていなかった時間って、いつ？」

「朝起きて、顔を洗ってトイレに行って……からはリスニングしたからもう勉強してるか。トイレに行った時と、昼休みの食事中はしてなくて。家に帰ってからも食事中以外は勉強してた。あ、集中力が切れて『変換効率』が悪くなった時、五分だけ動画を観《み》た」

「……とにかくまとまった休憩時間は食事とお風呂以外なしね。普通はそうは言いつつ、『集中していない時間』が発生するのだけれど……。こなした量を見るに、本当に勉強をしてそうね」

「『夜』を取り戻すためだと思えば、これくらい当然だろ。夜を楽しめない人生なんて、生きている意味がないし」

「……さらっと言っているところに狂気を感じるのよ」

夜の教室での勉強は、基本二十時から二十三時までと決めていた。そこから自転車で家に帰り、風呂に入って深夜二十四時過ぎには就寝できる。

そして朝は七時半に起きる。

机に座って勉強をしている時間は、学校の八時半から十六時半までの間で七時間（休憩を一時間で計算）、家に帰って夜の教室に行くまでの間で二時間。夜の三時間と合わせて計十二時間。さらにここにバス移動中の勉強や、食事中のながら勉強が加わる。体感では十四時間以上だが、実際は細々ロスが発生していると思う。

「……なんかさ、これまでも真面目のつもりだったけど、全然勉強してなかったなって思わされたよ」

　素直な感想だった。

「もし違いがあるとすれば『目標』の差だと思うわ。目標がなければ、人はどこへも行けないから」

　目指そうとするその場所に、でも本当はたどり着く気がない。そんな自分は、最後にどんな場所に行き着くのか。

「さあ、今日も勉強を始めましょうか」

　最初は勉強の仕方について月森の講義も多かった。しかし今は実戦に移っている。月森が用意してくれたプリントと、指定された参考書・問題集に取り組んでいる。

　――参考書と問題集を駆使できれば、誰でも学力を上げられるわ。ただ自分に合ったものを適切に選ばなくてはならない。ありがちな失敗は、自分にとって難易度の高すぎるものを選んでしまうパターンね。

　過去のテスト結果と今の出来《でき》から月森に参考書と問題集を選んでもらった。

それがとにかくしっくり、ぴったりくるのである。

簡単すぎはしない。しかし難しすぎるわけでもない。解けそうに見える。でもぎりぎりでわからない。あとちょっと頑張れば届きそうな感じ。そして解けなくても解説を読めば、ああそうかと一人で納得できる。

今の一冊をやり終わったら、一歩進んだ自分が想像できる。

このレベル感が絶妙なのだ。簡単すぎてもつまらないし、かといって難しすぎるとやる気を失う、ちょうどよい難易度のゲームをやっている感じだ。

特に夜に勉強するのは、最高によかった。

明らかに自分は夜型だと、あらためて気づいた。朝より昼より、夜の集中力が増す。

夜は、外が静かなのがいい。昼は外でうごめく人々で騒がしくて落ち着かない。

夜は、灯《あか》りを点《つ》けないでいると余計なものが目に入らないのがいい。すべてが明るいと見たくないものが目に入って、気が散ってしまう。

さらに夜の学校だと、なおのこと捗《はかど》る。

狭いイメージしかなかった教室。でもそれは人が多すぎるせいだった。二人きりで大胆に使うと、広々しているし、なんでもできそうな気がする。

顔を上げると、いつもは目に入る人の背中がない。

整然と並ぶ机と、その先に見える黒板。

人のことなんて、誰も気にして見ていない。それはわかっていても、いつも他人の目に映る自分が気になる。

だからやっぱり、夜がいい。暗がりの中では人がぼやけた輪郭で見えるから、昼より肩肘を張らなくてよくなる。

その意味では一人でいるのが、一番いい。

でも本当は、一番じゃない。

正太《しょうた》の席の斜め前方では、月森《つきもり》が自分の勉強に取り組んでいる。

教材の準備から、講義までしてもらい、至れり尽くせりはありがたいが、月森の勉強の邪魔になっていないか心配もしていた。

だが正太の自走が始まれば、自分の時間も確保できていそうなのでよかった。

一人でいながら、でも誰かとほんの少し離れてつながっているのが、いいんだ。

正太は文字を見すぎて疲労の溜《た》まった目をぎゅっと瞑《つぶ》って回復させる。

休憩、終わり。

続きを始めよう。


二十三時前、正太が帰り支度を始めると。

「今日は、私も一緒に出るわ」

一緒に夜下校をするのは初めてのことだった。

正太は夜の登下校に自転車を使っている。ということで、一緒に学校を出た月森が歩く隣で、正太《しょうた》は自転車を手で押して歩く。

夜の通りを出歩く人はいない。住居はカーテンが閉まっていて、たまに隙間から漏れる光だけが人の存在を教えてくれる。

「いつも夜の教室から何時頃に帰ってるんだ?」

ふと尋ねる。

正太が来るより前に教室にいて、正太が帰ってもまだ居残っているのが月森《つきもり》だ。

「日が昇る前までには」

……相当遅いことだけはわかった。

「ところで真嶋《まじま》君は、毎夜家を抜け出して大丈夫なの?」

「父親は東京で夢を追ってる……話はしたよな。母親は、水商売やってるから。夕方仕事に出て、明け方に帰ってくるんだ」

「そう、夜は一人なのね」

「月森は、家族になんて言って出てるんだ?」

「私の家は大丈夫よ」

感情のないきっぱりとした言い方に、踏み込んでほしくなさそうな雰囲気を感じる。

「……勉強は、学校の方がいいもんな」

「そうね、エビ先生に感謝ね」

東大合格者を輩出して転職に利用したいから——。捻《ひね》くれてねじ曲がった奴《やつ》が好きだから――。そう言って夜の教室を手配したという海老名《えびな》。彼女と月森の関係にも謎は残るが。

「そうだ、俺も月森との約束を果たさないとな」

忘れてはいないが、後回しになっていた。

「約束？」

「夜の学校で一緒にいて、不眠症改善のきっかけを探すってやつ」

「ああ……そうだったわね」

「そうだったって……忘れてた？」

なんだか気が抜けた。

「いえ、単に……結構……満足していて」

「満足？」

「同級生とひさびさに話せて、勉強を教えられて、真嶋君もちゃんと取り組んでくれて。家に帰って学校に行くまでのほんのわずかだけど、まだ夜のうちに家で寝られたりして」

「おお。それは、いい兆しなんだな」

正太はただ勉強をしているだけだが、それでプラスの効果があるのならよかった。

「……気になったんだけど、テストの時はどうしているんだ？」

正太の認識では、月森はテスト中の最初だけは起きて解答をし、終わり次第眠っている。

「テスト前日だけは頑張って徹夜して起きている……のと同じようなものね。何日かだけなら、徹夜もできる。当然、集中力は低下しているけど」

「つまり……いつも万全な状態でテストを受けてはいない、と」

「そうなるわね」

その状態で学年一位、また外部模試でも圧倒的な結果を残している月森《つきもり》の持つポテンシャルが恐ろしくなってくる。

彼女が昼間に起きられて全力を出せるようにする……、それが目指すべきゴールになるんだろう。だからそのためにも。

「……ちゃんと次の中間で学年五位以内に入るよ……」

「え？　今なんて？」

「い、いや……なんでも」自信のない小声は、月森の耳には届かず夜風に紛れたらしい。

「……また明日も明後日《あさって》も、夜の教室に行くから。……知り合いに見つかったり、警察に補導されないようにしながら」

「今日、まさしくその対策について教えたかったのよ。そろそろ真嶋《まじま》君が心配する頃だと思って」

帰りが遅い時、夜間徘徊《はいかい》が誰かに咎《とが》められないかびくびくしている。

なぜわかる。まあ、月森は正太《しょうた》の思考回路くらいお見通しか。

「じゃあ今から警察の主な巡回ルートを教えるわ。これで安心ね」

「……なんで知ってるんだっけ？」

安心のレベルが高すぎて逆に不安になった。

「今の時間、ちょうどこのあたりに――」


『偶然の出会い』

「うわあああああ⁉」「おわぁ⁉」

曲がり角から人影が飛び出してきて、正太は自転車を月森の方へ倒しかけた。

「っ、月森⁉　大丈夫⁉」「ええ、私は……」

「あのあたし全然悪いことしてるわけじゃなくて、ホントに今帰るところなんで全然大丈夫で、あ、通りのうどん屋をお母さんがやってるんでもしよかったら今度寄ってもらったらサービスを……ってあれ？　もしかして警察じゃない？」

ぺこぺこ頭を下げながらマシンガントークをかます女子が顔を上げた。

「いやぁー、ごめんなさい！　この前も警察に見つかって怒られたばっかりでさー。焦って見間違えちゃったー。……ってあれ、もしかして……月森灯《あかり》？」

女子に指差された月森は目をぱちくりさせている。

正太は、自分たちと同い年くらいの女子をしげしげと観察する。

パーマの当てられたピンクブラウンの髪は、太陽みたいに赤いシュシュでまとめられたアップスタイル。猫のような、くりっとしていて大きな目が闇夜に輝く。

白のキャミソールの上にパーカーをざっくりラフに羽織って、下はショートパンツとなんだか露出度が高い。明るくて、派手で、それこそ太陽みたいな印象だ。

「……どこかで、会った？」

「いやいや、元・同高《おなこう》なんだからって……無理あるよねー。高校一年で辞めちゃったし、クラスは違うし」

ということは正太《しょうた》とも同じわけだ。ただこんな派手な髪型に見覚えはない。

だが一年の時に退学した生徒が出たという噂《うわさ》は流れていた気がする。

「こっちはこんなお姫様みたいな美人いるんだなー、って一方的に知っててさ！」

「もしかして……南雲《なぐも》美空《みそら》、さん？」

「え⁉　わかるの⁉　えー、お互い覚えてるなら、もう完全なダチじゃね？」

ぱちっとウインクする南雲に、月森《つきもり》は引き気味だった。

「いきなり距離感が近すぎというか……」

「拒否られたー！　ま、デート中にお邪魔虫だもんね」

で、で、デェト⁉　などと月森が慌てふためくことはなく「違うわ」と即否定した。

「意外と派手系じゃなく地味系がタイプなんだねー。でもそっちの方が好感度高いかも」

「ちょっと聞いてる？　デート、じゃ、ない、わ」

「えー、じゃあなにしてるの？　こんな深夜に」

「……勉強帰りよ」

「春からこんな時間まで追い込むことある？　いったいどこの大学受けんの？　月森さ

んってすっごい成績よかったよね！」

「東大よ」

「——えっ」

へらへらとしていた南雲《なぐも》が、さーっと表情を消す。

「でもそんなことはどうでもよくてっ！」月森《つきもり》は焦った様子だ。「ここ、そろそろ危ないのよ。警察の巡回が——」

ちょうどその時、前方からきらりと光がちらつく。

ゆらゆらと揺れながらこちらに近づく二つの光は、自転車のライトだ。

台数は二台。そしてそこに乗るのは、チョッキに、帽子を被《かぶ》った……。

「け、け、け、け、警察だー!?」

南雲が夜の通りで絶叫した。

「逃げよう!? 逃げるよ！ ほら早くっ！」

なぜか南雲は正太《しょうた》と月森の体を押す。

「え、え、逃げる必要あるっけ？」正太は言いながらも、自分の手押しする自転車が倒れそうになるので、タイヤの回転に合わせて駆け足になる。

「ちょっと置いてかないでよ!?」

叫びながら月森も走り出す——。

——最終的に小道に入り込み警察を撒《ま》いた。

「ふ～！　逃げ切った～！」

いい汗かいたー、と言わんばかりに南雲は汗を拭う。

「はぁ……はぁ……逃げる必要あったっけ……？」

呼吸を整えつつ正太は言う。そもそもこちらを追ってきていない気もした。

「いやこの前も夜に出歩いてるの注意されたばっかりでさー！　社会的身分が不安定だと困っちゃうんだよね」

「身分が不安定なんてことはないと思うが……」

「そっちは高校の制服も着てるしバッチリだよ？　でもこちとら無職でやらせてもらってますんでー」

南雲はやからっぽく言いながら、正太を肘で小突いてきた。

「反応に困らないでよー。家のうどん屋手伝ったりしてるから社会性はあるって。ただ犯罪者として報道される時の肩書きは『無職』か『家事手伝い』って……泣けるよね⁉」

南雲に肩をつかまれて、体を揺さぶられる。

露出度の高い服から胸がこぼれ落ちそうだ。慌てて視線を上げる。

シャンプーなのか、なんなのか、甘い柑橘系《かんきつけい》の香りが鼻孔をくすぐった。

「どうして…………私…………まで」

蚊の鳴くような弱々しい声が聞こえてきた。

月森《つきもり》は息も絶え絶えで電柱にもたれかかっている。

「つ、月森？　大丈夫？」

正太《しょうた》も心配になる。月森は顔面蒼白《そうはく》で、立っているのもままならない様子だ。

「………こんなに走るの、久しぶり………」

そういえば月森は体育全見学系女子だった。

「……あれ、なんかヤバげ？　よかったら、うちに寄って休んでく？」

☽『夜の友だち』

「ここ、お母さんがやってる店なんだー」

南雲《なぐも》が入口のシャッターを持ち上げ、正太と月森を閉店後のうどん屋に入れてくれる。

「すぐ飲めるのは水とだし汁があるけど、どっちにする？」

「「水で」」

「ちなみにだし汁はこだわりのいりこで」

「「水で」」

四人掛けのテーブル席に腰かけ、水を飲み干すと、月森も多少回復したようだ。

「……生き返ったわ」

とはいえまだ暑いらしく、上の制服を大胆にめくり上げてぱたぱたと扇《あお》ぎ、お腹《なか》に空気を送り込んでいる。

ちろちろと白い陶磁器のような素肌とおへそが覗《のぞ》いて、目のやり場に困る。

「でさー、灯《あかり》と真嶋《まじま》は塾が一緒なの？」

気づいたら南雲は月森を下の名前で呼んでいた。面識がなかった正太のことも「はじめまして」が終わると下の名前で呼んできたが、気恥ずかしいのでやめてもらった。

「塾ではなくて……自習ね」

「へえ塾じゃないのに、こんな時間まで？　もう二十三時だよ？」

「いつもではないけれど」

「ああ、勉強が終わったあとにファミレスとかでダラダラしちゃうやつねー。あるあるー」

「そ、そうね。よくあるわよね」

南雲の勝手な解釈に月森が乗っかっている。

「勉強終わりに、い、いつも遊んでいるというか」

ちらちらと正太を見ながら月森が言う。

「夜遊びしてるんだー！」

「……さて休憩はできたし、お暇《いとま》しようかな。時間も時間だし」

月森が立ち上がる。掘り下げられるとボロが出ると思ったのかもしれない。

「ちょ、ちょい待ち！」すると南雲が月森の腕をつかんだ。

「なに？」

「えっと……もうちょっと話さない？」

「……どうして？」

月森《つきもり》は怪訝《けげん》な表情をしている。

「あー……その、あたしって、学校辞めて昼間に仕事をしてて……。つまり遊べるの、夜だけなんだよなー」

南雲《なぐも》と月森、お互いの探るような目が交錯している。

「俺は……時間は大丈夫だけど」

正太《しょうた》の言葉に、女子二人がほっとしたような雰囲気を感じた。

勘違いでなければ月森はとても……嬉《うれ》しそうにしている。

「女子バナしよっ！」南雲はうきうきと話し始める。「青春の話を聞きたいなー！　楽しかった学校行事の話とか！」

「……特に思い出に残っているものはないわ」

まあ月森がちゃんと参加できる学校行事は思いつかない。

「えーと、あ、修学旅行は？　二年の最後だよねー。どうだった？」

「欠席したわ」

……欠席だったのか。

「じゃあさじゃあさ、部活は？　もう引退した？」

「どこにも入ったことがないわ……」流石《さすが》にいたたまれなくなったのか、月森は正太に話を振ってきた。「そういえば、真嶋《まじま》君の部活は？」

咳払《せきばら》いをしてから正太は答える。

「帰宅部だ」

「二人とも……学校楽しい？」

南雲は可哀想《かわいそう》なものを見る目をしていた。

「も、もちろんよ。最近すごく楽しいしっ」

「おう、あるじゃん、あるじゃん！　で、なにが？」

「夜に学校で――」「月森ストップ⁉」

思いきり秘密を暴露しかけていたので正太が止めた。

「あ」と月森は口に手を当てる。

「夜に……？」

「月森、ちょっと……」

正太は月森と後ろを向いてひそひそと話す。

「……月森、意外とコミュ力が危なくないか……？」

「……なによ。同年代の三人以上で話すのがひさびさだからって浮き立っているわけじゃないわよ。しばらくリハビリが必要なだけだから……」

とても浮き立っているらしい。

「ねーねー、夜に学校でなんかやってんの？」

「『学校』終わりに、『夜』まで、勉強をしているってことだな。……はは」

正太《しょうた》がフォローに入る。なんとかうまくいった気がする。

「ふーん。……あれ、そういえば灯《あかり》って、学校で寝まくってなかった？　相当だって噂《うわさ》で聞いて……思い出した。『深窓の眠り姫』って呼ばれてた！」

「……そうね。昼間、眠くなってしまう体質だから」

「へえ、夜行性なんだ。……あたしみたいだ」

ぼそっとつぶやいて、南雲《なぐも》がうつむき、真っ赤なシュシュがよく見えるようになる。

しかしすぐに顔を上げ、にっと太陽みたいな笑みを見せる。

「でもって真嶋《まじま》と夜に勉強してるって、ことね。一緒に受験を乗り越えようってアオハルだよなー！　あ、ちなみに真嶋はどこ目指しているんだっけ？」

「え……」

先ほど月森《つきもり》が志望校を答えた手前、当たり前の流れだろう。

しかし正太の志望校を知っているのは、教師を除けば月森だけだ。

そもそも口に出すつもりはなかった。だって……どうせ実際に行くわけじゃない。

「まーさーか、灯と同じ大学とか言わないよね？」

だから、どう答えようかと迷っていたら……。

「同じよ」

月森が代わりに返事をした。おい。

「………マジ？　東大……東京大学……ってこと？」

南雲に口に出されて、顔が燃えるように熱くなった。

ありえないよな。そうだよな。月森みたいな規格外ならまだしも――。

「すっっごいじゃん頑張りなよ！　藤隼《ふじはや》高校から東大志望が二人って！　すご！」

思った反応とは違い、南雲は純粋に感動したみたいに、拍手をしてくれた。

「灯は……きっと学年一位キープしてるんだよね？　一年の最初の中間テストで、全科目平均九十九点を取った伝説の持ち主だから……」

今も一位なのは事実だから、すんなり頷《うなず》く。月森も、正太も。

「当たり前なのすご。じゃあ真嶋の順位も当然……」

「それはまあ……三十番台が最高だが」

「……おっと？　ああ、あれね！　学校のテスト捨ててる系。模試の偏差値がいいんだ！全国模試のこれまでの最高だと、どれくらい？」

「偏差値で言うと……五十ちょっと」

「待って」

南雲が右手を正太の顔の前にかざす。

「偏差値ってさ、五ポイント上げるのも大変だし、十ポイント上げるなんて相当頑張らないとたどり着かないよ。てゆーか仮にプラス十でも、偏差値六十ちょいじゃ、東大にまだ届かないし」

南雲《なぐも》はやたらと真剣な表情で語る。

「部活めちゃくちゃ頑張ってきて集中力と体力が抜群にいい子が、引退後に一気伸びするパターンはあるにはあるけど。真嶋《まじま》は帰宅部って言ってたし……あ」

早口でまくし立てていた南雲が口をつぐみ、首を横に振る。

「……でも、うん、いいと思う。あたしは応援する！　目標は高くしてこそだし！」

急にモードを切り替えたみたいに明るく言う。

「先生には止められる気もするけど、受かってほしい！　だって、灯《あかり》と一緒のところに行きたいってことだもんねー！　かぁ〜、青春だ！」

「青春ではなく、純粋に……」

いや、正確には不純な理由で目指しているが……。

「理由はなんでもいいよ！　でも目標に向けて頑張るのはさ、格好《かっこ》いいよ！」

きらきらした目を向けられると、恥ずかしくなる。

でも……応援してもらえて嬉《うれ》しかった。

思わぬ形ではある。ただ東大志望を知られた相手が、南雲でよかった。

「真嶋君は受かるわ。私もアドバイスしているし」

月森《つきもり》から強烈すぎる援護射撃が入る。

「た、頼もしすぎない!?　超強力バックアップじゃん！」

「言っておくけど、真嶋君の今の勉強量は、そんじょそこらのレベルじゃないわよ」

「お～、楽しみになるね！　確かに真嶋は真面目そうだもんね」

「やっぱり迸《ほとばし》っているのかっ！　俺の真面目がっ……！」

「……急にどうした？」

南雲にちょっと引かれた。なぜだ。

「てゆーか、灯クラスになると、どんな感じなの？　模試の合格判定とかさ」

「直近では、C判定が出ていたわね」

「うっわー、現役生でこの時期でその判定出す～？　今時点で合格可能性四十～六十％なら十分すぎるよー。やっぱ半端ない……！」

南雲は万歳をして、お手上げポーズだ。

「灯は結構余裕そうだし……あとは真嶋が頑張れば、東大合格者二名だよ！　あ、真嶋は科類どうするの？」

「ああ……文三のつもりだけど」

東大は一般的な学部ごとの募集は行われず、文系の文科一～三類、理系の理科一～三類といった区分で募集がなされる。

どの科類に進むかによってその後の進路は概《おおむ》ね決まるが、最終的には三年次が始まる前の『進学選択』で進む学部を選ぶ余地がある。現時点でやりたいことが明確でない正太《しょうた》は、合格最低点が低い科類に狙いを定めた。便宜上、だが。

「主に文学部、教育学部、教養学部だよね。まだ入りやすいもんね」

それにしても、南雲《なぐも》はかなり東大に詳しい。

「灯《あかり》も文三なの？」

「いいえ、私は理系だから」

「…………ていうか……灯……いえ灯さん……？　……科類、どこ？」

南雲がなにか恐ろしい気配を感じたみたいに、小刻みに震えていた。

「理三」

「ぎゃ――――――――――――――――――っ!?」

南雲はイスから転げ落ちた。幽霊でも出たのか。

「り、り、り、り、り、り、理三っ!?」

テーブルに手をつき、南雲が下から這《は》い上《あ》がってくる。

「南雲……いくらなんでもリアクションが……」

「ま、真嶋《まじま》わかってんの!?　だって理三だよ理三！　しかもC判定って……は？　灯って……実は寿命が普通の人間より長い吸血鬼とか!?　そんなオチ!?」

「なぜ真嶋君と同じようなことを……？　そんなわけないでしょ」

月森《つきもり》があきれていた。

「俺さ、いまいち理三をわかってないんだけど……同じ東大じゃないのか？　医学部に進む人が多くて、一番難易度が高い科類なのは知ってるけど」

「理三は人ならざる者が向かう場所だからっ……！　東大の定員は三千人！　でも理三の

合格者は百名！　東大合格者の中でも上位三％！　トップオブトップだからっ！」

南雲の勢いがすごい。

「理三でC判定なら、東大の他の科類はA判定が余裕！　A判定なんて『余裕で受かっちゃうから上のレベルに行け』くらいに読み替えれるんだよ？　わかる？」

つまり正太《しようた》が受ける文三くらい、合格確実と言っていいくらいで。

「学力のレベルって一個上の大学にいけば一段上がる、そういうイメージない？　でも国内のトップにあたる理三は、そこが上限だからどんなにレベルが高くてもその箱に押し込まれるんだよね。どれだけ限界突破した優秀さでも。言いたいことわかる？」

南雲はものすごい熱だ。さらに続ける。

「例えば東大の他の科類に入るのに必要な戦闘力が一万だとして。理三になると戦闘力二万どころか戦闘力十万とか二十万とかバグった奴《やつ》らが平然といる……上限突破した天上人の魔境だってこと！　マジで、ガチで、桁違いなの！」

なんとなく、正太もそのすごさの感覚がつかめた。本当に、ただのイメージだが。

「…………月森って、もしかして、ものすごい？」

「ものすっっっっっっっっっっっっっっっっっっっっごい！　って感じ」

「いたく持ち上げてもらったけど……それでも、上には上がいるから」

「いや現役のこの時期だよ！　はっきり言って……神だ。拝もう」

南雲が両手を合わせて祈り始めた。

そこまで言われると正太《しようた》も恐ろしくなってくる。いや、実はもっと恐ろしい事実を知ってしまっている。当然模試の実施は昼間だ。つまり月森《つきもり》は、徹夜しているようなコンディション不良の中で臨んでいるはずなのだ。

もし月森が全力を出せたなら……。

正太は想像する。日本で一番頭のいい国宝級の高校生が、今隣に座って「……流石《さすが》に照れるわよ」と口を尖《とが》らせる少女だとすれば。

彼女みたいな天才に、正しく実力を発揮してもらえるよう尽くすのが、凡人である自分の役割ではないのか？

「ところで、東大について詳しすぎない？」

やっぱり月森も疑問に思ったらしい。

「あー……それは……その……。……二人とも塾通いじゃないんだよね？」

月森が頷《うなず》くと、南雲《なぐも》は店の奥に一度引っ込んで、なにやらチラシを手に戻ってきた。

「実は……こういうものがありまして！」

結局、随分長居をしてしまい、店を出るのは二十四時前になった。

ちなみに月森は学校に戻るらしいので、途中まで送っていくことにした。

「普段から真夜中に出歩いているから、私は一人でも大丈夫よ」と月森は言うが。

「そういうわけにはいかないだろ！　なにかあった時の損失が……！」

貴重な頭脳の持ち主になにかあれば、国益を損なうレベルじゃなかろうか。

「ねえ、真嶋君《まじま》」

早足で学校に向かう途中、月森が声をかけてきた。

「……あれは、友だちよね」

「え？　ああ……向こうはそんな感じだったな」

別れ際に南雲は『絶対また会おうね！　約束ね！　うどんも食べに来てよ！』と言っていた。

「……夜の友だちね」

ふふーん、と鼻歌まで聞こえてきた。

南雲との関係は、夜の生活に満足したい月森にとっても、意味あるものになるかもしれない。

『普通ならば起こらなかった昼間のこと』

夜の町で南雲美空《みそら》に出会ったあとも、勉強する日々が続いていく。

——そろそろ、マンネリが出てくる頃でしょ。真嶋君は三日坊主にならなかった。これは意志の力ね、素晴らしいことよ。けれど最後まで意志の力で引っ張るのは無理がある。メンタルが揺らぐ時はどうしてもあるから。

勉強は続けているが、確かに当初の緊張は薄れてきた気もする。

――大事なのは勉強を『習慣』に落とし込むこと。『歯を磨くように』勉強する、ということね。そのために『環境』を作る。

――一番は物理的に勉強しかできないようにする。言い替えれば、勉強をしなくなる要因をすべて排除することね。わかりやすい例で言えば、自分の部屋に入る時はスマホの電源を切って部屋の外に置いておく、みたいなことね。

――人間はね、『それ』が近くにあればあるほど、そして始めるのが簡単であればあるほど、『それ』をやってしまうの。逆に言えば『習慣』にしたいことは極限まで近づける、つまり勉強道具を肌身離さず持って簡単に始められるようにする。これが継続のコツね。

――総じて『集中力が高い人』は、『集中できる環境を作るのがうまい人』と言い替え可能よ。勉強に取り組むのが苦手な人だって、スマホを持ち歩くのをやめて、ポケットに英単語帳しかなければ、ヒマな時間に勝手に読んでしまうはず。

月森《つきもり》と話すようになって実感する。頭のいい人は、持って生まれたものに、勤勉さをかけ合わせ、圧倒的な力をつけている。

ならば持って生まれたものの差を示すためには、勤勉さで負けるわけにはいかなかった。

――まずは三週間、二十一日の壁を越える。そして六十日、二カ月の壁を越える。ここまで来れば、真嶋《まじま》君は勉強したくて堪《たま》らない中毒者になっているはずよ。フフフ。

「……ふふ」

楽しそうに語る月森の姿を思い出して、笑みを零《こぼ》してしまった。

昼休み中の、教室だというのに。

若干集中力が切れているのを感じ、正太《しょうた》は鞄《かばん》からチラシを取り出す。この間、南雲《なぐも》からもらったものである。

『東大・難関大合格を目指す！』チラシにはでかでかとそう書いてある。

南雲の父親は塾講師であり、実は最近独立して、難関大志望者向けの個人塾をオープンさせたらしい。

「もし興味があったら見学だけでも来てよ！」というお誘いだった。南雲が東大に詳しかったのも、父親の影響のようだ。

なんでも塾はまだ駆け出しなので、宣伝と実績作りを兼ねた『難関大志望者は塾の代金無料キャンペーン』を張っているらしい。

その塾は個別指導も行うが、自習室としての利用もできる、という話を聞いて月森が一つアイデアを出した。

「塾に通っていれば、夜の外出理由にもなるんじゃない？」

確かに、と思った。『青少年を深夜に外出させてはならない』青少年保護育成条例だが、調べてみると『夜学、夜勤、塾等で外出する必要がある場合は例外』と書かれていた。

自習のできる塾に通っていれば、夜遅く誰かに見咎《みとが》められた際のいいわけに使える。

実際、土日含めて年中勉強できる自習室があるのも悪くない話だ。

「なんのチラシ見てんの？」

あ、と言う間もなくひょいとチラシを奪われた。

こんなことをするのは、当然麻里《まり》だ。

「塾かぁ。ついに正太《しょうた》ちゃんも通い始めるの？」

「……考えてるところ。もういいだろ」

奪い返そうとしても、ひらりと躱《かわ》されてしまう。

「わたしのお母さんも最近うるさいんだよ。次の大会が終わったらもう『部活忙しいから』のいいわけも使えないし……。あ、これ新しくできたハイレベルのところでしょ、東大合格者出すとか書いてるし。……そんなとこ通うつもりなの？」

「た、たまたまチラシをもらって……」

「ふーん。ここら辺で、ハイレベル塾って需要あるのかな？」

「その塾はやめておいた方がいいぜ」

急に話に入ってきたのは菅原《すがわら》だった。麻里といるとよく絡まれるが、態度の大きさになんとなく萎縮してしまう。

「おー、菅原君。なんか知ってんの？」と麻里が笑顔で反応する。

「そこの塾、立ち上げた奴《やつ》は元々『合ゼミ』にいたんだよ。オレ、合ゼミだから。あと塾長と仲がいいからそういう話も聞けてさ」

宮《みや》合格ゼミナール。略して『合ゼミ』は、地域ナンバーワンと名高い大手進学塾だった。

授業料が高く、意識の高い生徒が多い。合ゼミに通うのはエリート、という印象があった。

「でもそいつ、全然実力がないらしいんだよ。なのに独立って笑われてて」

「へー、すごい裏情報だね！」

「こういうの、すでに通っている奴しか知らねえから。ま、なんかあったら聞いてくれよ」

麻里が愛想よくおだてるので、菅原も得意げだ。

「だいたいセンスねえだろ、とりあえず東大と言っとけばいい、って感じとか。逆にだせぇよ。なあ、真面目君もそう思わないか？」

機嫌がいいのか菅原は正太にも話を振ってきた。「ああ」とか「うう」みたいな適当な返事しかできなかった。

「そういや、そのチラシの塾やってる奴が無能な理由、思い出したわ。これも笑えるんだよ。学習塾経営者のクセに、自分とこの子どもは高校中退して、中卒らしいんだ」

菅原はその子が誰かを知らずに、無遠慮に言っている。

「自分の子どもの教育に失敗している奴が、他の生徒を預かれんのかよ」

その瞬間、夜の友だちの顔がよぎらなかったと言えば、嘘《うそ》になる。

「別に子どもが中卒なことと、その塾の良し悪《よあ》しは関係ないよね」

――自分で言っておいて、自分が一番驚いたかもしれない。

人畜無害、平穏無事をモットーにするはずの自分が、なぜこんな反論を？

菅原は一瞬呆《ほう》けた顔をして、すぐ険しい顔つきになる。

「……は？」

「ちょ、ちょっと正太《しょうた》ちゃん！　いきなり正論ギャグ？　面白いなー、相変わらず！」

麻里《まり》が必死に空気を取り繕う。

そんなことを言うつもりはなかったのだ。ただちょっといらついたけど、普段の自分なら絶対に口には出さない。でも今は？　まるで、夜の自分みたいな——。

「……真面目君は本当にいい子ちゃんなんだなぁ」

菅原《すがわら》が最後に吐き捨てた『真面目』の部分には、粘っこい感情がまとわりついていた。

『流れ弾、宣戦布告』

数日後。

正太は、南雲《なぐも》の父親が経営する塾を放課後に訪れることにした。

塾は一階に整骨院が入ったビルの二階にあった。

今日行くことを、連絡先を交換した南雲にも一応伝えた。すると南雲が塾長である父親を紹介してくれるという話になり、塾の前で待ち合わせになった。

ということで、道端で南雲を待っている。

塾通いには、夜間外出の理由を作るという打算もある。

ただどんな形であれ南雲と接点があるのは、月森《つきもり》にとってもいいことだと思った。

彼女に夜付き合える友だちが、きっと必要だ。夜にしか時間がない南雲は、お互いにぴったりだ。

自分を東大志望だと認知する人が増えるのは気になったが、もう南雲から伝わっていそうなので今さらである。

と、その時だ。誰かが正太を目がけて一直線に歩いてくる。勘違いかと思ったが確実に正太を目当てにしている。でも見覚えがない人だ。

その人物は黒い帽子を目深に被《かぶ》り、グレーのパーカーのファスナーを限界まで上げて、口元も隠していた。黒いジーンズを穿《は》き、華奢《きゃしゃ》な体つきから女性だとはわかるが……誰だ？

「よっ！」

「……え？」話しかけられて正太は戸惑う。

「ちょっとなにさ、『誰ですかあなた』みたいなリアクション。あたしだよ、あたし」

言いながら、全身モノトーンの女性が帽子のつばを上に持ち上げる。

「……南雲？」

よく見るとピンクブラウンの髪が覗《のぞ》いていた。

「誰だと思ったの!?　待ち合わせしてたよね!?」

「そ、そうだけどこの前会った時と印象が違うから……」

以前は色々こぼれそうなほど露出度が高かった。鮮烈な印象の真っ赤なシュシュも見えない。

「ああ、この格好《かっこう》はまあ……昼の仮の姿だと思って……」

「仮、なの？」

「ま、まああ……とりあえず入ろう、ね！」

南雲《なぐも》は答えを濁して、正太《しょうた》を後ろから押す。

「お父さんには『東大志望者』って説明しているから、話も早いと思うよー！」

南雲の声は弾んでいる。前より暗い……というか大人しい格好をしているが、テンションまで服装に合わせて変わるわけではないらしい。

ただ女子に密着されるのが恥ずかしくて、正太は「自分で歩くよ」と体をよじる。するとなにを思ったか南雲は「照れてる～？」とわざとらしく腕にしがみついてくる。

——そんな風に道端でわちゃわちゃしているから、余計に目についたのだと思う。

「あっれ、もしかして真面目君？」

聞き覚えのある、男の声だ。

しかも、それは。

「隣は阿部《あべ》……じゃねえよな。なんかよく一緒にいるイメージあるから、お前ら」

この間、妙な絡み方をしてしまった、菅原《すがわら》だった。

『菅原君ってプライド高そうだから、揉《も》めないよう注意してよ！　一緒じゃないとわたしもフォローできないんだよ！』と麻里《まり》に注意されたのもあり、なるべく避けていたのに。

まさか校外で出会ってしまうなんて。

よく連《つる》んでいる他クラスの男女と一緒だ。遊びに行くか、塾に行く途中なんだろう。

菅原《すがわら》は南雲《なぐも》の顔もじろじろ見ていた。南雲はまた目深に帽子を被《かぶ》っている。

余計なことになりませんようにと祈る正太《しょうた》の念が通じたのか、菅原が立ち去ろうとする。

「ふん、じゃあな…………あれ？」

菅原の視線が、ちらりと建物の方に向き、二階の看板で止まる。

塾名を見て一瞬首を傾《かし》げてから、「ぷっ」と吹き出した。

「え、せっかくオレが忠告してやったのに、お前、ここ通ってんの？」

不味《まず》い。菅原が悪評を吹聴《ふいちょう》していた塾だと、気づかれた。

「どうしたんだよ、菅原」と一緒にいた男子が言う。

「あれだよ、すげーダメな講師がハイレベル掲げたありえない塾始めたって話。ここだ」

菅原は仲間内でも話のネタにしていたらしい。

話を南雲に聞かせたくなくて、その場を離れようとしたのだが、なぜかその南雲に腕をぐいと引っ張られた。

「つーかわざわざハイレベル掲げている塾に行こうとするって……まさか難関大学を目指してないよな？」

「……まあ」正太は肯定も否定もせずにやり過ごそうとした。ところが。

「目指してたら、悪い？」

なぜか、南雲が反論をしていた。

「……えーと、誰？　真面目君の彼女……とか言わないよな？」

黒と灰色に身を包み、顔もほとんど隠している南雲に、菅原も警戒した様子だ。

「全然、違うけど？　ただの通りすがりの、塾の関係者」

南雲は完全にケンカ腰だ。腹を立てるのはわかるが。

「人が目指すものを笑う権利、あんたにあるの？」

「……でもコイツ、学校でオレ以下の成績だからさぁ。オレ以上の偏差値の大学は無理だろうって、親切なアドバイスだよ。なぁ？」

菅原は連れ合いに同意を求めて笑う。

「へー、『今は』そうなんだー。ま、あんたみたいなあっさり限界決めちゃってる奴《やつ》、絶対に伸びしろないし、すぐ抜かれちゃうんだろうねー」

「お前、マジでなんなの？」

菅原も連れがいる手前、引き下がれないんだろう。

「だから塾の関係者だって言ってんじゃん」

「ただの関係者の割に随分うるせえな」

「人の目標を笑う奴って我慢ならなくてさー」

南雲が平坦《へいたん》な、しかしはっきりと怒りを滲《にじ》ませた声で言う。

「あと勝手に塾の悪口を言ってきたのは、そっちが最初だろ」

「はっ、そんなもん客の口コミだろ？　嫌なんだったら、ちゃんと合格者って実績で示せよ。あとは真面目君の成績を爆上げさせるとか？」

「真嶋《まじま》のこと言ってる？　少なくともあんたはすぐに越えるよ。なんなら次のテストで」

二人の口論がヒートアップする。なぜか正太《しょうた》も巻き込んで。その時。

「……ねえ、もしかして、南雲《なぐも》さん……？」

菅原《すがわら》と一緒にいた女子が、南雲を指さす。思い出した、と言いたげに。

「南雲さんだよね、髪とかかなり変わってるけど……！」

指摘されて、南雲がたじろぐ。

「ん？　コイツのこと、知ってんのか？」

「あれだよ、一年の時に退学になった子いたでしょ？」

「ああ……いたな。コイツが……」

「待てよ、それってさ」もう一人の男子が口を開く。「カンニング騒動で退学になったんじゃなかったたか？」

——カンニング騒動。

別クラスだから、噂《うわさ》レベルでしか知らない。でも言われてみれば、聞き覚えがあった。

退学になった原因は、カンニングだと——。

「ってことは、同い年……でも退学しているから……中卒？」

南雲は正太の腕をつかんだままだ。だから嫌でも伝わってしまう、震えと、動揺が。

「で、塾の関係者ってもしかして……お前が、ここの塾を立ち上げた奴《やつ》の……娘」

そこまでピースが揃《そろ》えば、菅原も気づくか。

「ハッ、ハハハ。なんだよ」

菅原は嘲笑した。

「学歴コンプこじらせてるからつっかかってくる、可哀想《かわいそう》な奴だったんだな」

正太の腕をつかんでいた南雲の力はどんどんと弱まって、今はなんとか正太の制服に軽く引っかかっているだけだ。もう傍《はた》から見るだけでもわかるんじゃないかと思えるほど南雲の震えが強くなる。顔は見えない。でも泣いているんじゃないかと思った。

対して菅原は勝ち誇っている。

「じゃあ、あんまり言うのもイジメになりそうだなぁ。せいぜい頑張れよ。真面目君も、うまいカンニングのやり方でも教えてもらえればいいな、この塾で」

去り際にそう言い残したのも、自分の勝ちを誇示するためだったんだろう。正太たちをこき下ろすことで、自分を完全に上の立場に置いた。

菅原が離れていく。

南雲はおそらく打《う》ち拉《ひし》がれている。触れられたくなかった傷を、えぐられた。

気づけば、自分はほとんど喋《しゃべ》りもしなくなっていた。

当事者なのに傍観していた。

でも結果として、それで正解だったのだ。菅原も納得し、今後絡まれることもない。

自分じゃ、菅原《すがわら》に偉そうにも言えない。それが自分の立ち位置を踏まえた、分相応だ。たとえ相手にムカつくことを言われても、傷つくようなことをされても、甘んじて受け入れるしかない――。

「次の中間テスト、僕が勝つから。もちろんカンニングなんてせずに、実力で」

気づくと口にしていた。変に早口に、そして大声になってしまった。

ぴくりと隣の南雲《なぐも》が反応するのがわかった。

菅原が足を止め、振り返る。

「……オレに言ったのか？」

――なぜわざわざ、分不相応に波風を立てることを言ったのだ？

余計な言葉だ。悲しむ南雲を慰めるのはあとでだってできた。もっと別の方法だって冷静になればきっとあった。どうしてだ。こんなリスクを負うなんて、自分が思う生き方じゃないのに。誰の、なんのせいでこうなっている？　知らねえよ。

「うん、僕が勝ったら、塾の悪口を言ったこと、取り消してほしい」

菅原は笑わずに、正太《しょうた》を睨《にら》みつけていた。

「なら、お互いになんか賭けないと面白くねえな。真面目君が負けたら……土下座でもしてもらおうかな？」

ぎゅっと服をつかむ南雲の力を感じながら、正太は頷《うなず》いた。

☽『久しぶりに』

「――ってことがあって」

その日の夜の教室。正太は菅原とのトラブルをいの一番に報告したのだが。

「ふうん。楽しそうなことやってるわね」

「全然楽しくねえよ！」

「その『夜』モードで挑発したから、問題が大きくなったんじゃない？」

「そんなはずない……」

と言いたいが、最後にケンカを売ったのは自分だった気もする。

本気の勉強を始めただけなのに、余計なイベントが発生しすぎではないか……。

「どのみち次の中間テストで五番以内に入るには、菅原君にも勝たないといけないでしょ？　彼はどれくらいの順位？」

「……『学年十番台で～』とか大声で自慢しているのを、聞いたことがある……かも」

「悠々飛び越えなければいけない壁、ということね」

そう言われると、己が挑んでいる壁の高さをまた感じさせられる。

「それより真嶋《まじま》君。そろそろじゃないの？」

「……ああ、そうか。迎えに行ってくるよ」

今日は、特別なイベントが控えている。

数日前、正太《しょうた》は夜の教室に見回りに来た海老名《えびな》にも、相談を持ちかけていた。

「――夜の勉強帰りに警察に補導されるのが心配、か。勝手にしろ」

妙案がないか助けを求めたのに、ばっさり切り捨てられた。

「その程度のリスク、夜の教室に不法侵入している時点で覚悟はしてるはず。学校内はわたしがなんとかするけど、外は知らない。あ、監督責任問題だけはご免だから」

ここまではっきり線を引かれるといっそ清々《すがすが》しかった。

「……だから塾に通おうかと思っていて。自習室があれば、いいわけにも使えるかなと」

「ふうん。しかしそんな使い方ができる塾なんて、近くにある？」

「アテがあるんですよ。昔この学校にいた南雲《なぐも》さんの父親がやっている塾で……」

唐突に、海老名の顔色が変わる。

「もしかして……南雲美空《みそら》？」

「あ、知ってます？」

それもそうか。海老名は正太が一年生の頃も英語を担当していた。

「詳しく聞かせて」と前のめりになった海老名に対して、南雲と夜に出会った話をした。

話に一区切りがつくと、海老名はじっと考え込んでから、口を開いた。

「……塾に通うのはいいとして。塾側に黙って、夜の教室の隠《かく》れ蓑《みの》に使うのもよくない。

せめて『他の自習室も使ってる』くらいは言っておかないと……。わたしが出て、向こうと調整してもいい」

「あ、ありがとうございます？」

急にどうしたのだろう。態度がさっきと百八十度違う。

「ただし、一つだけ条件がある——」


二十時半の、国道沿い。

「おーっす、夕方ぶり！」

道路と歩道を隔てるガードパイプに腰かけていた少女が、ぴょんと飛び降りる。

特徴的なピンクブラウンの髪。太陽みたいに真っ赤なシュシュ。ショートパンツにざっくりラフで露出の多い格好《かっこう》。

街灯と、飲食店の煌々《こうこう》とした灯《あか》りに照らされる少女は、初《しょ》っ端《ぱな》出会った時の派手な印象の南雲だった。

「なんか悪いねー！　現地集合でもよかったんだけどねー」

南雲は太陽みたいに明るく笑う。

「でもまあ……ほら、入り方もあるし」

「おう、そうだそうだ！　教えてくださいよ～、センパイ！」

正太と南雲は夜道を歩き出す。

海老名《えびな》の条件は、『南雲《なぐも》を夜の学校に連れてくること』だった。

はっきり言って、動機が不明だ。聞いても『わからなくていい。あと、本人が来たくなければ無理する必要はないから』と言うだけで、詳細を教えてくれない。

「この道、懐かし～！　学校以外なんもないから、登下校ないと通らないよね」

南雲はただ道を歩いているだけなのに、テンションが高い。

学校をひさびさに訪れる卒業生みたいなノリである。

その横顔は、初めて会った時の明るくはつらつとしたものだ。

――菅原《すがわら》と偶然鉢合わせた後、南雲は真っ青な顔で立っているのもままならなくなった。よほどショックがあったのか、肩を貸してなんとか塾の建物に入れたくらいだ。

今日は話すのも難しいか……と思ったら、南雲はすぐ元気を取り戻した。正太《しょうた》にガンガン塾の勧誘までかけてくる復調っぷりだった。

それならと正太も、絶対秘密と約束をした上で『夜の教室へ来てみないか』という話をしたのである。部外者に話して大丈夫かと思ったが、これも海老名の指示だ。

すると南雲は『夜の教室でこっそり勉強してる⁉　超楽しそうなことやってるじゃん⁉』とすぐに乗ってきた。

藤隼《ふじはや》高校の裏門前までやってきた。

「こっから入ってんの？　意外と大胆～」

「でも見通しがよくて誰か来ればすぐわかるし、門の持ち手に足をかければ……」

正太が裏門からひらりと学校敷地内に侵入する。

「お〜」と南雲が拍手する。なんか照れる。

続いて南雲もひょいと門を乗り越え、地面に着地する。

「ふへへ〜、不法侵入〜！」

学校に対して嫌なイメージを持っていないだろうか、というのは気にしていた。

しかし少なくとも表面上は、南雲は夜の学校を楽しんでいた。


三年一組の教室に入ると、クラッカーが鳴った。

それと同時に、電気が点灯して目の前が白く、明るくなる。

「ようこそ、夜の教室へ！」

普段は静かに机で勉強をして正太を待っている月森《つきもり》が、今日は入口で南雲を大歓迎だ。

それだけじゃなくて。

「……ってなにそのパーティーメガネと三角帽子《さんかくぼうし》とテカるジャケット！　ウケる！」

月森の仮装に南雲は腹を抱える。

「あはははは！　灯《あかり》って意外にお茶目《ちゃめ》なの⁉」

南雲の反応に、月森がほくほく顔になっていた。

「……どこかの鈍感男とは違うわね」となじるように言われた。

満足したらしい月森はすぐに仮装をやめて、制服姿になる。

「真嶋《まじま》もだけど、灯《あかり》も制服なんだ……。やっぱり、学校だと制服だった？」

「特に決まりはないわよ。夜だもの」

「だよねー！　そもそもあたしが制服着るとコスプレになっちゃうし！」

おいここ笑うところだぞ～、と南雲《なぐも》はばしばしと正太《しょうた》の背中を叩《たた》く。

「いやこの教室の感じ久しぶりだな～！　あ、そうそう！　椅子と机、こんなんだった！」

南雲は席について、黒板を眺める。

「こうやって授業受けてたんだよなぁ……」

懐かしそうにつぶやいてから、南雲は正太たちに向き直った。

「で、ここに来てあたしはなにをすればいいんだっけ？」

正太と月森《つきもり》は顔を見合わせてから言う。

「特になにを、とかはなくて」「言われたのはいつもどおりにしなさい、だったわ」

「ええ……？　招待されて来てるのに、イベントなし？」

南雲が戸惑うのも無理はない。

「……海老名《えびな》先生が、呼んでくれたんだよね……。先生は？」

「よく英語準備室にいるんだけど、今日はいないみたいよ」

ますますどうしたらいいか困ってしまった。

「そんじゃ普段の勉強の……見学でもさせてもらおうかな？　ていうか、真嶋の出来《でき》を見ないといけないいんだった！　絶対に負けられない戦いだからね！」

「プ、プレッシャーを余計にかけるのはやめてくれ」

「だって真嶋があいつを負かしてくれないと！　塾の名誉も懸かってるんだよ⁉」

「まだ通ってもないのに……」

　塾としてケンカを売ったのは南雲のはずだ。腹を立てる気持ちはよくわかるが……。

「名誉塾生だよ！　これから通うし！　特待生扱いにしていいかは、あたしのチェックもあるからねー！」

　正太は勉強を始める。他人の目があるおかげでいつもより緊張感がある。

　まずはプリントを使った計算練習に取り組む。ウォームアップに毎日やっている。

　それから数学の参考書に向かう。今は問題を見て、すぐ解答方針が立つか確認する、暗記のフェーズだ。

「……なんか、変わった勉強の仕方してる？　さくさくページ進めてるけど」

「私から説明しましょうか」

　南雲と月森が会話する横で、勉強を続ける。

　──受験数学は暗記で戦える。文系なら五百～六百くらいのパターンで基本問題には十分対応できるはず。

　──受験数学力について分解すれば、一『解法パターンの暗記』、二『どの解法パターンかを見極める能力』、三『単純計算力』になるわ。

　──計算練習は三『単純計算力』を、今の参考書学習は一『解法パターンの暗記』を鍛えるための勉強ね。

――一『解法パターンの暗記』は覚えてしまえばおしまい。三『単純計算力』は取りこぼしをなくすためのもの。受験数学の学力を分けるものは、二『どの解法パターンかを見極める能力』になるわ。

――そもそも高校生に新しい解法パターンを編み出すことなんて求められてないわ。すべての問題には元となる『解法パターン』が存在する。ただどれを使えばいいかわからない。見極めるのが困難になる細工をしてある。これが、問題の難易度よ。

――この視点を持っていれば、数学の問題に取り組む際の解像度が上がるわ。つまり問題を間違えた時、『解法パターンをそもそも知らなかったのか』『解法パターンを見極められなかったのか』『計算力の不足か』判断できる。理由を分解せずに『間違えた』『正解をした』とだけ採点をしても、次のアクションにつながらないわ。

――間違いを恐れたり、直視しない人がいるけれど、それは大きな誤りね。テスト本番でなければどれだけ間違ってもいいんだから。本番で正答するために今どうするか。その科目で必要とされる能力の分解と、分解した要素ごとの特訓。これが受験勉強よ。

「なるほど……。難易度の調整がどこでされているのか……って観点はなかったなー」

感心した様子の南雲《なぐも》が、英語の文法問題集をぺらぺらめくっている。

区切りのいいところだったので顔を上げたら、南雲と目が合った。

「……これ、チェックが何回かついてるから、何周かしてる？」

「ああ、そうだな。一度間違ったら×。次も間違ったら××。って。何回も間違って恥ずかしいんだが……」

「いや、完璧になるまで全部やってる、ってことだよね」

「そういうものだろ？　……って、月森《つきもり》に教わった」

「それがなかなかできないもんなんだよ。ついつい次の難しい問題集やらなきゃって焦っちゃうんだよねー、普通は。地に足着けるその自信……どこからきてるの？」

「自信っていうか、俺は月森に言われたとおりにやっていて……」

正太《しょうた》が言いかけると、南雲はにやりと笑う。

「愛だな、それは」

「愛っていうか……」

「照れるなよー！　あ、でもまだそういう関係じゃないんだもんね。受験期はお預けだもんね、はいはい」

南雲は勝手な想像をしていたが、間違っても『愛』ではない。

むしろ、それとは真逆のものだ。

……だが真逆ということは、想《おも》いの強さで言えば、同じなのか？

「東大を目指しているから、こっそり夜の教室を使わせてもらっているんだよね」

「そうだな。あ、他の人には秘密だぞ」

「わかってるよ。……東大ってバカ高い目標に向かってるのに、焦らず一歩一歩階段を上れる粘り強さはねー、なかなか持てないんだよ。って、お父さんがよく嘆いてる」

南雲《なぐも》は手を頭の後ろで組んで、天井を見上げる。

「勉強って、スタンプラリーだから。どんな簡単なチェックポイントでも省略せずに、一個一個ちゃんと押していかなきゃいけないからさー。漏れがあると、結局ゴールまで積み上がらないんだよ。それを着実に遂行できるなら、真嶋《まじま》には可能性が……」

顔を正面に戻した南雲が「あ、ただのお父さんの受け売りね！」と、顔の前で手を振る。

「南雲さん、本当に詳しいわね」

「『南雲さん』じゃなくて、美空《みそら》にしてよ、灯《あかり》」

「ああごめん……美空」

月森《つきもり》に下の名前で呼ばせて、南雲は満足そうに頷《うなず》く。

「てか灯が詳しいとか言う～⁉　頭いい人って『できるものはできる』って感じで人に教えるの苦手なパターン多いのに、めちゃくちゃ理論化してるし！」

「俺も、南雲がすごい詳しいなって思うよ。受験生の俺より詳しいくらいだし……」

「美空は受験するの？」

月森が尋ねて、ああそうかと正太《しょうた》も気づく。別に高校を辞めたからといって、大学受験ができないわけじゃない。

「……いやいやあたしは、高卒認定は取ってるけど……。でも……もうドロップアウトした人間だから」

へらっと南雲は笑う。

「大学受験資格のために、取ったんじゃないの？」

「いやー、高校卒業程度の学力証明はあった方がいいでしょって話だよ。あたしもう社会に出てるわけだからさー。ま、ただの家の手伝いだけど」

本人は気づいているだろうか。先ほどからずっと、南雲は目を合わせようとしない。

カンニング騒動があって、退学して、高卒認定を取って。なにもなければ受験生の年齢になった。それで思うところがないのは、嘘《うそ》だ。

まだ短い付き合いだった。でもカンニング騒動は濡《ぬ》れ衣《ぎぬ》だと正太は思う。人の目標を笑う奴《やつ》を許せない——そんな風に言った南雲が、卑怯《ひきょう》なことをするなんて思えない。

どこまで踏み込んでいいかはわからないが。

「家が塾を経営しているんだろ？　そこで勉強をすることもできるんじゃないのか」

「両親離婚してんだよねー、ウチ」

ばさりと予期せぬ角度から切りつけられて、正太は言葉を継げなくなる。

月森も一瞬なにかを言いかけたが、口をつぐんだ。

「ゴメンゴメン、急にぶっ込んじゃって。重いわけじゃないから。あたしはお母さんのうどん屋も手伝ってるし、お父さんの塾にもかかわってる。とにかく良好な関係だから」

南雲が早口で続ける。

「まあ、だから、色々忙しいわけだ。ってことで、あたしには地元から東大を目指す二人を応援させてよ！　塾の方もだし、うどんの出前で後方支援もしちゃおっかなー」

話題をうまくそらされてしまった気もした。

「挑戦する人間を笑うような、あんな奴《やつ》もいるけどさ。東大を目指すなんて、周りからもちやほやされちゃってるよねー！」

「いや、全然」と正太《しょうた》は首を横に振る。

「……なんで？　普通そうならない？」

「そもそも東大を目指すって、周りの誰にも言ってないし」

「誰にも、ってどういうこと？」

南雲《なぐも》は眉をひそめる。

「学校には志望校『東京大学』で出してるよ。でも月森《つきもり》以外は……誰も知らない」

「え、仲いい友だちにも？　……なのに、こんなに勉強を頑張ってるの？　でも頑張ってるなら……ちゃんと周りにもわかってほしくならない？」

南雲は心底『理解できない』と言いたげな顔をしている。

「そもそも俺が……自分の限界に挑戦したいからやっていることで。その努力を自分が知っていれば、別に他の人はどうでも……。……いや、一人くらいには知っておいてほしいけど」

「あ、それが……」

南雲の視線が月森へと向かう。

「……やっぱり愛だ」

「だから違うぞ」と否定しても、南雲は「わーかってる、わーかってるよ」と言いながらうんうんと頷《うなず》いていた（絶対わかっていない）。

「でもまあ……それも一つか。あたしなんて周りの誰かに言わないと、すぐ決意が揺らいでサボっちゃいそうだけど」

「……そうか？」

その気持ちは、正太にはわからなかった。

「一人の方が努力しやすいな、俺は」

「いや絶対おかしいよ！　ねえ、灯《あかり》？」

「どう、かな？」

月森はどちらの味方もしない。だから正太も続けて言えた。

「周りの目がある方が……左右されそうな気がするんだ。あるだろ、『その人の相応』みたいな基準が」

放っておいても勝手に生まれる、目には見えない『分相応』の基準。

「そこからズレると、色々と問題も起こる」

世界はそういう風に造られている。

「だから逆に、それこそ夜の方が、自分のやりたいことを自由にできる気がするんだ。だって夜は誰にも邪魔されない。一人でいられるんだから」

「……一人の、夜の、努力」

南雲《なぐも》はそう独りごちる。それから。

「格好《かっこ》いいこと、言うじゃん」

南雲は席を立つと、教室に並ぶ机に触れながら前方へ歩いていく。

「今日、久しぶりに学校に来てさ。どう思うかなー、って自分でもちょっと楽しみで、でも半分は……不安もあったんだ」

背を向けている南雲の、今の表情は窺《うかが》えない。

「でも来てみて、よかったよ」

私服姿の元・生徒が、夜の教室の教壇に立つ。

にっ、と白い歯を見せる。

「……って思えるのも、夜だからかな？」

☽『決戦前前前夜』

極限まで勉強の時間を詰め込もうとすると、一日がとても長く感じる。

特に十四時くらいが、一番満腹感がある。かなり勉強をやったつもりなのに、残り時間の多さに思わず胃もたれする。

ただ夕方が過ぎ、夜になると、今度はどこまでも勉強できそうな気がしてくる。一日が終わらないでほしいとすら思う。

ただ一日は長く感じられても、不思議と日々はあっという間に過ぎていく。

気づけば中間試験は三日後に迫っていた。

「この一カ月、息切れせずに本当によく頑張ったわ」

これまでの勉強とは、わけが違った。机に向かっていれば、勉強。そう思っている節があった。でも本当の、本気の勉強は、目標に対して一歩でも近づいているかがすべてだ。

「さあ、あとは中間テストで結果を出すだけね」

「ちょ、ちょっと待ってくれ。勉強はしてきたぞ？　でもテスト対策らしいことはゼロでここまできたんだが……。本当にこのままいくのか？」

月森《つきもり》から出される課題は、基本的には東大受験を見据えたものだった。学校のテスト範囲を集中的に勉強してきたわけではない。

「あ、テスト対策について伝えるのを忘れてたわ」

「おいいいいいいい!?　今からで間に合うのか!?　最低でも一週間、いや十日前から取り組むべきじゃなかったのか!?」

「冗談よ」

遊ばれたらしい。こういうの多いな……。

「すべての勉強はつながっているんだから」

「それはそうだけど……」

「なんなら真嶋《まじま》君は、学校のテスト対策なら毎日しているわ」

「い、いつ？　他もやってるけど、この一カ月は英語と数学が中心だったろ……？」

「授業をきちんと聞いて、ノートを取り、復習をしている。それが一番の試験対策よ」

以前、授業の復習については指導されていた。

——授業が終わったら、その授業を自分で再現してみて。

ノートには重要な点がまとめられている。でもそれを読めばすべて理解できるかといえば、そうではないでしょ？　間を埋める先生の説明があったはず。それを自分で言葉にして説明できるか、一人でやってみるのよ。

「特に学校の試験なんて、先生本人が作るんだから。その先生の授業でやったことしか出ない。授業を完全に理解していれば高得点は間違いないわ。その間に真嶋君は基礎力の底上げもしているんだから。成績は伸びるわよ」

「でも、だな」

ネガティブなことはあまり口にしたくないのだが、どうしても今だけは言ってしまう。

「と、言うだけじゃ不安だろうから、秘伝の極意を授けるわ」

「やっぱりあるよな、そういうの！　期待してたよ！」

「……今日、テンションおかしくない？」

テスト前で興奮している節はあった。

「それじゃあ、これからテスト期間中にやることね。ノートと教科書を読み返して」

「うんうん」

「以上よ」

「…………………………それだけ？」

当然とばかりに月森《つきもり》は頷《うなず》く。ちょっと待て。

「……本番のテストを予想した模擬問題くらい出てくるんじゃないの……？　だって前はあれだけ重いプリントを作ってくれたじゃないか⁉」

「他意がある気もするけど、聞き流すわ」

月森がイライラしている。だがこっちも切羽詰まっているので構ってはいられない。

「まずノート。これは言わずもがなね。そして教科書だけど……真嶋君はどう思ってる？　これまでは読み込んではなさそうだけど」

「月森を見習う意識はあるんだけど……すいません、正直、市販の参考書の方が読みやすくて……」

「それは間違いないわ。参考書は、本来先生がすべき解説まで書いてくれているからね。ただノートと同じように、先生の解説があって、教科書は完成するものよ。つまり教科書とは、最強の要約よ」

「……要約」

「根本的なことを言えば、東大の入試も、教科書さえあれば必ず解けるはずよ。この一冊に、この科目で学ぶべき内容すべてが入っている。そう思うと、案外薄くない？」

月森《つきもり》は世界史の教科書を掲げてみせる。

「教科書を一度読んですべてを理解する……のは難しいわ。でも今、真剣に授業に取り組み復習もしている状態で、教科書のテスト範囲を通してしっかり読んでみて。真嶋《まじま》君も、そろそろ私と同じ見え方になっているはずだから」

「俺が……月森と……？　それはないよ」

いくらなんでも言いすぎじゃないだろうか。

「私と真嶋君の違いって、そんなにないんだけどね」

ありえない。そのありえなさを証明するために、今自分は勉強をしているのだ。

とにかく、と月森は続けて言う。

「ノートと教科書。最強の武器はもう手元にある。だから大丈夫よ」

月森からのテスト対策講座が終わる。

あとはもう本当に戦いに臨むしか――。

「まだ、心配そうね」

顔色から見抜かれたらしい。

「自信を持って。少なくともこの一カ月は、学校の誰よりも努力をした自信があるでしょ？」

「勉強だけは……したと思う。でもだからこそ……」

これまでは結果が出なくても、「そんなものだ」と割りきっていた。むしろ背伸びしすぎず、かと言って不真面目でもない、ちょうどよい場所に収まっていることに満足すらしていた。その方が安心だった。

だが今から進むその先には、きっと『痛み』が待っている。どんな結果になったとしてもだ。

「真嶋君は、大丈夫。結果はついてくる」

月森に断言されて安心し、同時におかしいと気づく。

——結果が出ないことが、才能のなさの証明が、自分の目的だろ？

だったら結果が出ない方が……だけど今は。

「でも月森もこれまで色々やってくれて……海老名《えびな》先生も、手を貸してくれて。あとは妙な流れで南雲《なぐも》も巻き込んで……」

ただ自分の限界を示すための戦いが、いつの間にか多くの人を巻き込んでいた。

そうだ、余計なものが、両肩に重くのしかかっているのだ。

「ああ、そういう心配」

ところが月森はクスリと笑って、

「全部、どうでもいいわね」

ぶった切った。

「どうでもよくは……ないだろ。そのために勉強してるんだし」

「違うわよ。真嶋君は、真嶋君のために勉強しているの。それだけは間違えないで」

くっきりとした声で月森《つきもり》は言う。

「真嶋《まじま》君が心配しているのはテストそのものじゃなく、付随することばかりじゃない？」

「あ……」

言われてみれば、そうかもしれない。

「真嶋君が向き合うのはテストなんだから、その他はなにも気にしないで。むしろ世の中に少ない一対一の状況を作れるのが、テストの醍醐味《だいごみ》ですらあるわ」

どうしたって人の目が気になる教室。

でも今こうして月森と二人でいる夜の教室は、なにも気にしないでいい。

昼間でそれと似た瞬間を一つ選べと言われれば、確かにテストの最中かもしれない。

だから言ってみれば。

「テスト中は……夜みたいなもんだな」

「いいわね、その喩《たと》え」

月森は窓の外の暗闇を背景に、にやりと笑う。釣られて正太《しょうた》も笑う。

笑い声が教室に響いて、やたらと気持ちよかった。

「次のテストは、夜の真嶋君で挑んでね。順位とかは忘れて」

「……わかった。月森も、頑張って」

照れ隠しもあって言うと、月森が小首を傾《かし》げた。

「誰に対して言ってるの？」

「……すいませんでした」

調子に乗った。

「だから冗談よ。すぐ真に受けるんだから」

わかりにくいんだよ……とはなかなか言えない。

「でも応援ありがとう。真嶋君のおかげで、いい状態で臨める気がしてる。夜ふかしというか……試験中の昼ふかしも、張りが出そうだから」

好調の月森……なんだかまた恐ろしい点数を取ってしまいそうだ。


そして試験当日がやってくる。

☽『中間試験』

朝、最寄りのバス停で麻里《まり》に会った。

バスに乗り込んで一緒に二人席に座ると、麻里はすぐに日本史の教科書を取り出した。

「あー、やばいやばい！　全然覚え切れてないよ〜」

麻里は暗記マーカーで彩られた教科書を赤シートで隠して読み始める。

「暗記系科目が初日とかないよね。最終日にした方が平均点も上がるのに。ねえ、ここって……あ、正太ちゃんは世界史だった」

正太《しょうた》も世界史の教科書を取り出し、ぱらぱらとめくる。しかしすぐ閉じて窓の外を見た。殺風景な畑の奥に見える青々とした山に焦点を当てる。酷使しがちな目が癒《い》やされる。

「正太ちゃんは教科書読まなくていいの？」

「え？　ああ。昨日の夜も見たし、朝もちょっと確認したし」

——前日はしっかり眠ること。直前は足掻《あが》かず、自分のコンディションを最上に持ってくることだけを意識すること。

「……なんか、余裕ある？」

麻里《まり》が眉間に深いシワを寄せて聞いてくる。

「そうかな？」

「あるよ！　その受け答え方とか！　いつもテスト前はすごい不安そうに教科書開いているイメージあるよ！」

そう言われれば、これまでの自分は直前まで時間を使って、頭から記憶がこぼれ落ちないようにするのに必死だった。

「……なにがあったんだ？　あ、やっぱり月森《つきもり》さんへの憧れが——」

「アベマリ、覚えなくていいの？」

正太は話題を変える。

「ああそうだそんなことよりだ！　ってその余裕がなんか……モヤる！」

教室に足を踏み入れると、菅原《すがわら》と目が合った。

『覚えてるよな？』と言いたげな顔でにやついてくる。

忘れては……いないらしい。

南雲《なぐも》と一緒にした宣戦布告以降、直接絡む機会はなかったし、避けていた。

もし負けたら土下座……だっけ。本当にさせられるんだろうか？

波風を立てずに生きてきたはずが、いじめに遭ってしまうんじゃ……。

……いや、気にするのはやめよう。

大切なのは、今の自分の全力が出し切れるか、否かだ。

まとわりつく余計な妄想を振り払うため、月森の姿を見た。

月森は色素の薄い長髪を垂らして、机に突っ伏している。つまりは、いつもどおりだ。

しかし今日はテストだから時間になったら起き出してくるはずだ。

昼ふかし――彼女にとっての夜ふかし、つまりは徹夜が始まる。

天才だ。周囲を舐《な》めている。異質な存在として見られている彼女が、実は彼女なりの苦労をしているのだと知ったら、周りはどんな反応をするのだろうか。

「真面目君は調子どうなのー？　あ、この前ノート貸してくれてサンキュー」

後ろの席の男子に声をかけられた。

「僕？　調子は、悪くないよ」

「お、その言いぶりは結構勉強してんなー」

勉強は一応しているんだけど――きっと昔の自分なら濁した言い方しかできなかった。

「勉強してるよ」

正太《しょうた》の言葉に、ちょっとびっくりしたような顔をされる。

そんな返答だとは思わなかった、と言いたげに。

「流石《さすが》っ、真面目君！　……でも、キャラそんな感じだっけ？」

開始時間二分前になって、監督の先生が問題用紙を配り始める。裏返しのまま後ろへと回していく。

一時間目は、数学だ。

――学校の試験は、時間が足りないことはないわ。あるとしたら、エビ先生の英語くらいね。まあ例外は脇において、とにかく時間はゆっくり使っても大丈夫だから。

頭の中で、月森《つきもり》のアドバイスを反芻《はんすう》しながら、その時を待つ。

会話がやんだ。

咳払《せきばら》いをしたり、鼻をすすったり、シャーペンの芯を出したりする音が時折聞こえる。

正太はシャーペンにしっかり芯が補充されていることを確認する。万一机から落とした際に焦らないよう、消しゴムも二つ用意しておく。

チャイムが鳴った。

同時に教師も「始めっ」と声を発する。

クラス中が一斉に用紙を裏返す。

カリカリというペンを走らせる音が教室中に響く。

一人分の音なんて高が知れているはずなのに、その音が幾重にも重なると、周りを威圧するほど大きく聞こえる。

独特の空気感。まるで自分だけが取り残されているような感覚。みんなは答えがわかって書き進めているのに、自分だけが立ちすくんでいる。その空気に飲まれてしまうことが少なからずあった。……これまでは。

不安がある。でも同時に……今回は、期待もしている。だって月森があれだけ言ってくれているのだ。

不安と期待がごちゃ混ぜになっている。どちらの感情が勝っているのか、それともまったく別の感情に陥っているのか、自分でもわからない。

わからないが、体の芯が小刻みに揺れている。

試験って、こんなに心が震えることだったんだ。

――テストが始まったら、まず一度深呼吸して。

月森の声を思い出して、深呼吸する。

正太は最初に自分の名前を記入した。

ここにいるのは、自分と、戦うべき問題用紙だけだ。

目を閉じる。

蛍光灯の光でどうしても真っ暗にはならないが、それでも闇を感じられる。夜が近づく。深い闇に沈み込むような感覚が生まれて、雑音が消える。

余計な感情は、すべて忘却した。

──まず問題用紙全体を確認すること。見直し含め所要時間の目星をつけること。

問題用紙全体を確認する。

見るだけで、解法パターンが判別できる問題が複数あった。点数を取らせてくれるための基本問題だ。

残りはぱっと見ただけでは完全な解法はわからない。だがとっかかりはありそうで、歯が立たないわけじゃない。部分点は間違いなく取れる。

──テスト問題は、習熟度に合わせて点数がばらつくように基本は作られているわ。特に数学はわかりやすいはずよ。ざっくりで構わないから簡単なものと難しいものは判別して、まずは簡単なものから解くといいわ。

大問の二問目が、すぐに解法が浮かび、かつ時間がかからないものだった。

まずはこれを軽くクリアする。

──勢いさえつけば、あとは全体を見ながら順番にやっていく。

また解法の見当がつく問題を見つけ、先に倒す。

言うなれば彼らは、歩兵だ。油断しなければ負けることはない。ミスで足下をすくわれないようにだけ、気をつけて。

――見せつけてやればいいわ、真嶋《まじま》君の力を。

次は少し考える必要がある、中量級の騎馬兵に戦いを挑む。

流石《さすが》に騎馬兵だけあって、焦って剣を振るおうものなら、空振りになって無駄に時間を消費する。じっと見極める。隙を窺《うかが》う。よく見ると、単調な動きをしている――そこか。

急所を突けばあとは一気に答えまでたどり着ける。

騎馬兵を倒してしまえば、あとは重量級の戦車しか残っていない。

戦車は巨大だ。とても人の手だけで倒せるとは思えない。真正面からは。

――学校のテストでトリッキーなものは出ないわ。だから今の真嶋君なら必ず倒せる。

戦車を細かなパーツの集合体と見なして、部分部分に狙いを定める。よく見れば、側面はかなり単純な構造だった。そこを解き明かせば、中身が露《あら》わになる。構造が、見えた。

分解してしまえば基本の組み合わせでしかなかった。

目の前の問題にしっかり向き合っている。

なのにまるで鳥の視点になったかのように、戦場全体が見えている。

正面の敵と戦いながら、後方の状況まで把握できている。

敵を屠《ほふ》る。

戦場の大地を、自由に駆け回る。

正太《しょうた》を止められるものはなかった。

前進を続ける。

ペンを滑らせるのが気持ちいい。

もっともっと進みたくなる。

問題が怖くない。

むしろもっと敵に出てきてほしいとさえ思う。

すべての問題が、一度片付く。

戦場に立っている者は、正太《しょうた》以外にもういない。

その戦場で、正太はくるりと振り返る。

まだ終わりじゃない。徹底的にミスを潰《つぶ》す。

さあ、殲滅《せんめつ》戦だ。

☽『順位、発表』

「うぎゃー!? 順位激落ちしてんだけど!?」

中間テストの結果用紙配付中の教室は、阿鼻叫喚《あびきょうかん》の地獄絵図だ。

「誰だ受験にもう本気出してる裏切り者は!? 本番は夏からだろ!」「俺はまだ全然だぜ!」「同志よ!」

「おー、順位上がったかも」「え、勉強してなかったんじゃないの?」

「英語の平均点低すぎ!?」「ドSの海老名《えびな》が出たな……」

「小遣い減額確定じゃーん!?　ごめん……わたしはもうどこにもいけない……」「え、今日の打ち上げは？」「わたし……水しか頼まない……。ポテト一本だけ……恵んで」

教科ごとの授業で答案用紙は返却されている。だから個別の点数はわかっている。

しかし本丸は、成績をすべてまとめたテスト結果用紙が各自に配付される今日だ。

用紙には科目別の順位と、選択科目差を調整した総合順位もばっちり記載されている。

仲間内で順位の勝負をしていたり、成績に連動した小遣いの契約を行っていたり、まあみんな順位で色々と左右される事情がある。

「騒ぎすぎんなよー。……つっても無駄だろうけど」

ホームルームで用紙を配り終えた担任の谷《たに》は、忠告だけして教室を出ていった。

「で誰なんだよー!?　今回うちのクラスで総合が一番よかった奴《やつ》は!?」

騒がしい男子が先陣を切って教室中に呼びかける。

成績はもちろん個人情報……というのは完全な建前だ。田舎ならではのおおらかさか、学内順位で志望校が決まる特性のためか、とにかくこんな風に誰かが言い出して、すぐ公のものとなる。瞬時に他クラスとも共有され、トップ層の順位はその日中にクラス内グループメッセージに投下される。ここまでが結果用紙配付日の、藤隼《ふじはや》高校定番の流れだ。

「一位は他のクラスにはいなそうだってさー」

スマホを弄《いじ》って情報収集していた女子が言う。

「ってことは今回も……」

教室中の視線は、騒ぎなど露ほども気にせず、すやすやと眠る一人の女子に集中する。

我が学年、無敗の絶対王者、月森灯《つきもりあかり》。

少女はまるで眠る妖精のようだ。そこだけが別世界で、触れるのすら躊躇《ためら》われる。

月森は教師に呼ばれても紙を自ら取りに行かなかった。そのため結果の用紙は、机の上に裏返して置かれている。

と、月森が寝返りを打った。その拍子にするりと用紙が机から滑り落ちた。

隣の席の女子が、床に落ちた用紙を「不可抗力でーす……」と言いながら、拾い上げ、机の上に戻した。

女子は高々と一本指を掲げる。

「はい、当確」と声が上がる。

「てか……百点って数字が……何カ所か見えた……」

「ヤバ……」「百点って……」「やりすぎだよね……」

派手に騒ぎはしない。皆は恐れるように静かにざわめく。

「……で、クラスで一番いい奴は誰だ!? 立候補か推薦は!?」

一位は月森のはずだが、月森ではない。レベルが違いすぎて別枠扱いされている。

たぶんそのことに、違和感を持つ者はいない。

「学年十四位じゃ、まあトップには食い込めてないよなー」

大声で言ったのは菅原《すがわら》だった。

「やっぱスゲーな！」「ワンチャン一位あるぞ菅原《すがわら》！」

学年十四位。単純に五クラスで割れば、クラス三位以内だ。十分、立派だ。

「今回の中間はそこまで対策してないからなぁ」

菅原が言う。まあ、みんな言うやつだ。

「それで十四位て」「学院大受けるやつは違うよな」などと取り巻きを中心に盛り上がる。

「やー、でも及川《おいかわ》も可能性あるんじゃね？」

菅原が水を向ける。

クラスでもう一人、秀才と認識されているのが、及川だった。

及川はくいとメガネを持ち上げ、静かに言った。

「……わたしは十五位。負けてる」

「いやいや全然いいから！　この二人レベル高《た》けーわ！」

「まあ順当だよなー」「あーあ。オレらも頑張らないとな……」

「じゃあ今回の中間の一位は、菅原で、二位は及川ってことだな！　他はいねーよな？」

上位に食い込むメンバーは概《おおむ》ね固定されている。

「教科別で順位がよかった奴《やつ》は――」

だから月森《つきもり》を含めた三人の成績がわかれば、次の話題に移るのが普通だ。

「そーいや、真面目君ってどうなんだ？」

その流れを、強引に菅原が引き戻す。

「え……僕？」

「真面目君って、そんな上位ランカーだっけ？」

全体の会話を先導していた男子が反応して、注目が正太《しょうた》に集まる。

やられた、と思った。菅原とはいつか会話になると思ったが、まさかこの場とは。

毎度有志で作成されるトップ二十位のランキング表に名を連ねたことはない。当然、ノーマークで、自分でもこのイベントとは無関係のつもりだった。

「真面目君、何位だった？」

正太がもごもごしていると、隣の席の男子が聞いてくる。

「いや、まだ見てなくて……」

「は？　見ろよ！　あとで家帰って見るもんでもないだろ！」

もちろん本来ならそうだが、今回だけは違った。

正太は用紙を手渡す際なにか言おうとした担任も無視して、中身を確認せずに机に伏せ、そのままにしていた。あとで一人で見るつもりだった。

どんな結果であれ、正太は感情が揺さぶられてしまうのがわかっていた。

だから『昼』に見たくなかった。

「あ、でも地学の点数よかったよね」

選択科目で席が近い、斜め後ろの女子に言われた。

個別にテストは返却されているので、点数が悪くないのは知っている。

しかしこれでどれだけ上位に迫れるのか。

実際手応えはあった。でも総じて平均点が上がっただけかもしれない。

なにせ五位以内は……今までじゃ考えられない領域だ。

「おいおい溜《た》めるなぁー！　期待しちゃうじゃん！」

また騒がれて、もう逃れられないと観念する。

ここで見せない方が……空気が読めてないし、悪目立ちだ。

「じゃあ……」

伏せたままだった結果用紙を、正太《しょうた》はゆっくりと裏返す。

「いや、ここまでじっくりやられると緊張感あるんですけど……!?」

まあでも、逆によかったかもしれない。周りが騒いでくれたおかげで気が紛れる。

どうなったってここで結果が出る。

クラス中の視線を集める妙な雰囲気の中、正太は総合順位を視界に入れる。

息を止める。

それから吐き出して、音を出す。

「三――」

「あー三十番台かぁ。普通！　いいけど！」

「――位」

「え、なになに？　聞こえなかった？　三十位？　十三位？」

「いや…………三位」

個別教科の順位を見ると、実は五位以内はない。十番台もちらほらある。だがすべての教科の順位が着実に上がっている。その穴のなさのおかげなのか、総合では順位が跳ね上がっている。……いや、なんでこんな冷静な分析を。でも見間違いじゃない、らしい。

教室に嘘《うそ》みたいな静寂が落ちた。

勘違いじゃなければ、「すーすー」という、月森《つきもり》の寝息さえ聞こえた。

その沈黙を破って。

ドン！　と音が破裂する。

「うげえええええ!?」「断トツじゃん！」「実質学年二位ってこと？」「そんな頭よかったっけ!?」「ここ一年変動のなかったトップ五にいきなりダークホースが……！」「くっそこんなもん絶対当たるかよっ!?」「なんか賭けてんの？」

正太は握り締めた用紙をぼうっと見つめる。

どんな感情がやってくるのか、ずっと身構えていた。

期待と。不安と。月森や南雲《なぐも》のためにも勝たなければという想《おも》いと。ここで終われないという気持ちと。でも全部一緒くたになって、最終的には何周もぐるぐると回ってまあどっちでもいいやという心境になっていた。

最悪、自分の夜の世界の冒険が終わっても、いいと思っていた。

心残りはあるが、仕方がない。

それが自分の限界なのだから。

しかしまあ、どうやら、この物語はもう少し続くらしい。

自分の分相応は、まだ先にあるらしい。

テストが終わってから今日までに、夜の教室で月森《つきもり》に言われたことがある。

——プレッシャーや油断につながるから控えていたけれど。真嶋《まじま》君は確実に点数と順位が上がるわ。一カ月、真剣にやり切ったもの。

でもたった一カ月で学力がつくなら、誰も苦労しないんじゃないか。

——勘違いがあるわね。流石《さすが》に一カ月ぽっちで学力をゼロから積み上げるのは難しいわ。ただ真嶋君には、これまでの下地があった。

——穴はあったわ。勉強の設計図がないから、柱も不安定。無駄も多くて、歪《いびつ》な形で。

ボロクソに言われたが……。

——それでも真嶋君は、真面目に積み上げてきたものがあった。やる気に満ちあふれてはいなくて、やらされていただけかもしれない。でもやってきたことは無駄じゃない。

——胸を張って、真嶋君。時間を無駄にしたとか、効率が悪かったとか、そんなことは思わないで。あなたの積み重ねてきたものはすべて、今につながっているの。

だから結果が、出た。

なんだよ、出るのかよ。

でもこの結果だけは、紛れもない事実だ。

「よおおおおおおおおおおし！」

思わず作った握り拳。夜の一人時間じゃないと恥ずかしいくらいの大声。でも周りがうるさいので浮かずに済んだ。

「お、真面目君が熱い！」「これはジャイアントキリングじゃね!?」「うわー、わたしも勉強しようかなって思った」

みんなの反応がむずがゆい。でも嬉《うれ》しい。

「文句ないな……クラス一位は真面目君で確定だ！」

ビシッと指を差されたが、

「いや、僕は二位だよ」

はっきりと否定しておく。

だって一位はやっぱり、彼女をおいて他にいない。

「そういやお前、真面目君にノート借りてなかったか？」「ああ……ってことはこの点数アップは真面目君パワーか？」「御利益すげー！」

教室が正太《しょうた》の話題で盛り上がっている。……恥ずかしいんだが。

「そういや、菅原《すがわら》は真面目君の順位が高いかもってよく知ってたなー？」

「うっぜ」

お祭りムードの教室内で、異様に低い声がやたらと際立った。

「だいたい、学校の中間テストとかマジどうでもいいしな」不機嫌そうに菅原は吐き捨てる。「もう模試の結果しか意味ねぇよ」

「ああ……、まあ……そうだな」

騒いでいた男子が冷や水を浴びせられて、大人しくなる。

周りも釣られるように静かになっていく。

「無駄に学校向けのテスト対策やってるとかだせぇしな」

ここまで嫌悪を丸出しにされたら、他の人間は批判できないだろう。

みんな曖昧に、なあなあに、事を荒立てることなく、この場を流そうとするが。

それでも菅原《すがわら》は腹の虫が治まらなかったらしい。

「急におかしくね？　今まで二十位以内に顔を出したこともない人間が」

「それはまあ……」といつも連《つる》んでいる男子が反応する。

「あー、もしかしてあれか？　カンニング女と一緒にいたもんなぁ。うまいカンニングのやり方教えてもらったとかじゃねえよな？」

それには流石《さすが》に、菅原を取り巻く仲間も反応はしなかった。苦笑いをしている。

「あの塾……ええと、名前なんだったかな。カンニングで学校辞めた南雲《なぐも》って奴《やつ》の親がやってる……」

わざわざ波風を立てるようなことはしない。まさかクラスみんなの注目を集めている中でわざわざ発言なんてしない。それが『昼』の自分だ。

でも、いくら昼の自分でも、立ち上がらなきゃいけないラインはある。

あんまり、舐めんなよ。

「……ねえ。……随分、負けたことに不満があるようだけど」

その声は、自分が発したものではなかった。

正太《しょうた》には聞き馴染《なじ》みのある――ただし夜にしか聞かない声で。

「……あ」「……え？」「……マジ？」

クラスの皆の視点が、ある一点に注がれている。

吸い寄せられるように、正太も、周囲の視線の先を追う。

机に手をつき立ち上がる少女が、日の光を浴びて黄金色に輝いている。

月明かりが似合うな、なんて一人で思っていた。

けれど、やっぱり明るい太陽の下にいるのも映える。

むしろ彼女は、そうあるべきだ。

「『深窓の眠り姫』が……！」

その驚きはクラス全体のものだと思う。

月森灯《つきもりあかり》が、まっすぐ体を起こして、菅原を見つめている。

それだけで皆、絶句している。

昼間、クラスメイトの誰かに話しかける月森なんて、見ない。驚くのも当然だ。

だが寝ぼけているのか、月森《つきもり》は眠そうに目をこする。

「……真嶋《まじま》君がちゃんと勉強をして、点数を取った。……それだけじゃないの？　あなたの出来《でき》と真嶋君は関係ない。負け惜しみ言っているヒマがあったら……勉強したら？」

とんでもない正論。

校内最強の存在が、力で場を蹂躙《じゅうりん》すると、

「ふわぁ……」

あくびをして、充電が切れたみたいにすとんと椅子に座った。すぐに突っ伏す。

「……すー……」

言うだけ言って、眠り始めた。

羞恥からか、怒りからか、菅原《すがわら》の顔が紅潮していく。

その日、学校中が月森の話題で持ちきりになったのは言うまでもない。

『昔の友だち』

逸《はや》る気持ちを抑えて、正太《しょうた》はペダルを踏む。南雲《なぐも》と落ち合うべく塾に向かっていた。

南雲にはすでに『いい報告がある』と連絡を入れている。

放課後になると、クラスのみんなから「すごいな」と好意的な声をかけられた。

目立ちたいわけじゃないのだが、ちやほやされるとそりゃあ……嬉《うれ》しくないと言うのは、嘘《うそ》だ。

でもできれば早く、自分を信じて応援してくれた人と、分かち合いたかった。

「いやでも……はしゃぎすぎだろ」

自転車を漕《こ》ぎながら独りごちる。

目標を達成して、応援してくれた誰かと喜んで、そんなの真っ当な受験生みたいじゃないか。そんな、人に自慢できるものじゃないのに。

でも今日だけはいいかと、開き直る。

「あ――――――――！　真嶋《まじま》っ！」

「ん……おおおっと!?」

正太《しょうた》は急ブレーキをかける。

目深に被《かぶ》った黒の帽子。パーカーのファスナーを限界まで引き上げて、顔はほとんど窺《うかが》えない。全身モノトーンの……南雲《なぐも》だった。

塾に行く途中で、落ち合うことができた。

正太が自転車を止めると、南雲が勢いよく走ってきて自転車カゴにぶつかった。おい。

「ど、どうだった!?　いい報告って言ってたから……でも期待しちゃダメだよね！　まったく一ミクロンも期待してないよ！　ああ、深呼吸、深呼吸……」

「まったく落ち着けって！　本当に全然、別にどうってことないし、スマホで伝えちゃっても、もちろんよかったんだけど！　まあでも南雲には直接の方がいいかなって思ってさ！　ほら、色々巻き込んじゃったところもあるしね！」

「落ち着いて、真嶋。興奮しすぎ。逆にこっちは冷静になれたよ」

どうどう、と南雲が手でジェスチャーする。

そ、そんなに興奮していたか……？

「じゃあ、早速結果を。で、先に言うと、あの菅原《すがわら》は学年で十四位らしいんだけど」

「……普通によくてムカつくな」

「僕は、三位だったから」

「三……三位!?　つまり、それは……」

「勝ったって、ことだ」

「勝った……ていうかもはや完全勝利……」

南雲は呆《ほう》けた顔でつぶやく。徐々に理解が染み渡るかのように、笑顔が満ちていく。

「やったじゃん……真嶋！　よっしゃあああああああ！」

拳を突き上げる南雲に釣られて、正太も万歳した。

この快感は、ちょっとヤバいかも。

誰かと喜べることが、こんなにもぞくぞくすることだなんて――。

「――美空《みそら》？」

ふいに声がして、振り向く。

藤隼《ふじはや》高校の制服を着た女子だ。知り合いじゃないが顔はよく見る。同学年だ。

道端で騒ぎすぎたか。また、同級生に見つかってしまった。

「南雲《なぐも》の知り合い……え。な、南雲？」

鼻先と頰《ほお》は見えても、目元なんてほんのちらりとしか見えない。

にもかかわらず、南雲の顔が真っ青だとわかった。

がたがたと、立っていられないくらいに足が震えている。

前に菅原《すがわら》と会った時でさえ、これほどじゃなかったのに。

体を支えようと正太《しょうた》が手を伸ばす――ばしん。その手が振り払われる。

「え――」

南雲は背を向けて走り出す。

わけもわからず、正太はその背中を見送ることしかできなかった。


『後悔』


「はい、灯《あかり》！　エビ天カクテルお待ち！」

「見て真嶋《まじま》君!?　コップにエビ天七本も立ててもらったの！」

「スゲえ!?　そびえ立っている!?」

「じゃあ写真撮っちゃうね～。灯と真嶋、寄って寄って～！」

スマホのシャッター音が鳴る。

「盛っちゃお～……ってか灯が盛りなしで超美形なんですけど⁉　加工済み⁉」

正太と月森《つきもり》と南雲の祝勝会が異様に盛り上がるのには、わけがあった。

「背景が学校とか……これティックトックでバズりそうだな」

「いいね真嶋！　でも夜の教室はダメでしょ～！　ってか、真嶋ってティックトックとか見るんだ、意外、意外～！」

「真嶋君は意外と流行を追ってるタイプよ。夜一人で」

「あ、うん。友だちいないからね、ドンマイ！」

「反論できない……！」

まず、会場が夜の教室であること。

「お……おいしい！　サックサクでおいしいわよ真嶋君！」

「まだまだあるから、じゃんじゃん食べてね～！」

さらに、南雲の母親が経営するうどん屋から、山盛りの天ぷらが提供されたこと。

「いや～、教室の机にこんだけお菓子とジュースを並べてるのって……悪いことしてる気になりますな～」

「それは月森の平常運転だぞ」

「あんたら普段二人でなにやってんの⁉」

海老名《えびな》からも「第一関門突破だから、今日くらいは息抜きしても許す」と食料の提供があったこと。

おかげで、三人だけの祝勝会は豪勢な品であふれていた。

「お、真嶋《まじま》のグラスが乾いてるな～。どうぞ、どうぞ」

「いやいや……いいのに」

南雲《なぐも》がコップにコーラを注《つ》いでくれる。

「今日は『真嶋三位おめでとう会』なんだから！　主役が飲まないでどうするんだよー！」

「そうよ、真嶋君。飲まなきゃ。はい、乾杯」

「可愛《かわい》い女子二人に囲まれちゃっていいなー、真嶋！　ここ、そういうお店？」

「私の指名料、高いわよ」

「二人とも酔ってないよな⁉　お酒はないはずだぞ⁉」

南雲があははと快活に笑う。艶《つや》やかなピンクブラウンの髪が揺れる。

モノトーンよりも、真っ赤なシュシュが映える色彩鮮やかな姿の方が彼女らしいと思う。

あの時取り乱した姿を、今は微塵《みじん》も感じさせない。

「しっかし、灯《あかり》に論破された時の、あいつの吠《ほ》え面《づら》見たかったなぁ～」

にやにや顔で南雲が言う。

「……ねえ、真嶋君。私……本当に教室でそんなこと言ってた？　確かに夢の中でそういうことを言った気もするけど……」

立ち上がり菅原《すがわら》を一刀両断した時、月森《つきもり》は……寝ぼけていたらしい。

「間違いなく現実だった」

「……それって、感じ悪くない？」

「全然。大評判だって、友だちが言っていた」

『眠り姫が、愚民に勉強しろって仰せになったって⁉』『腕を振っただけで近くにいた菅原が吹っ飛んだらしいぞ！』などなど。とんでもない尾ひれがついた噂《うわさ》になっているらしい、というのを麻里《まり》から教えてもらった。ファンが増えた可能性の方が高い。

「でも真嶋、結果が出てよかったね。こっからまたがんがん成績上げて、目指せ東大！」

「ああ……そうだな」

ちゃんと努力をしてみせて、やっとスタートラインに立てた。正太《しようた》はそう思っている。努力したからこそ、ここから先は「努力してもできないことがある」と言う権利を手にできた。

正太にとって本当の勝負が始まるのだ。

「もちろん灯も絶対合格してね、理三。あたしも、できるかぎり手伝うよ！　塾の方も話ついたしね」

塾を自習室として利用する形での入塾がすでに決まっていた。他の場所でも自習をする話は、海老名《えびな》が「大人同士で話をするから」とうまいことやってくれていた。

「しかし無料って悪いような……」

「いやいや真嶋が東大に合格してくれれば、塾の宣伝効果として抜群だし！」

「私も塾に所属だけしようかな？　そうすれば合格実績は二人になるでしょ」

「でもそれって……いいのか？」

海老名《えびな》もだが、大した指導もせずに実績と語っていいのだろうか。

「きちんとした指導の実体なしに、堂々と塾の実績に入れちゃうやり方は、今のご時世NGね。ただ人の噂《うわさ》って、止められるものじゃないでしょ？　勝手にみんなが噂しちゃう分にはねぇ。フフフ……」

夜の祝勝会は続く。

飲んで、食って、騒ぐ。

夜遅くに食べすぎるのは不健康だ。

夜に教室を使うのは不健全だ。

本来四十名で使う場所を、たった三人で占拠している。

背の高い遮蔽物がないためか、教室では声がよく響く。

夜を映す窓ガラスが、自分たちの声で振動している。

大人が夜にお酒を呑《の》む気持ちが、ちょっとわかる気がする。

昼間の内は太陽の傾きで、時間の経過がわかってしまう。

日が沈むにつれて、なんとなくさみしい気持ちになる。

でも日がすでにとっぷり沈んでいる夜には、それがない。

どこまでも、延々と続けていける気がする。

そのまま朝日を迎えた日なんて最高なんだろうなぁ。

けれども、まだ十代の自分たちはそんなわけにはいかなくて、終わりの時間はやってくる。片付けが終わって。もう帰る時間がやってきて。

「いやぁ、最後に学校でいい思い出ができたなー」

南雲《なぐも》は興奮して酔っ払ったような赤ら顔で、

「流石《さすが》にもう学校に来ることもないと思うからさぁ」

そう言う。

だから正太《しょうた》は聞いた。

「南雲は、学校に後悔はないのか？」

素面の昼間じゃ、こんなことは聞けなかったかもしれない。

「――なにそれ？」

けらけらと笑っていた南雲の顔が一瞬にして冷めた。

「例えばもっと勉強をしたかった、とか」

「いや勉強なんて、……喜んでやるものでもないんじゃない？」

「勉強嫌いの奴《やつ》が、受験予定ないのに高卒認定を取るのか？　受験にも東大にも詳しすぎるし。いくら父親が塾講師だからって。本当は自分が東大に行きたかったとか――」

「ないよ」

一息に言い切ろうとした正太《しょうた》を南雲《なぐも》が遮る。

「あたしはもうドロップアウトしたから」

冷たく、静かな声だった。

熱気に包まれていた教室が、肌寒く感じる。

夜が深まって、少しずつ気温が下がっている。

「あたしは一足先に社会人になってるからねー！」

明るい声を、無理矢理《むりやり》出していないか。

「どれも答えにはなってないよな」

「ないよ。後悔はない。今さら……後悔なんてしたって……」

本当ならば、それでもいいと思った。

「あたし、お父さんの塾もお母さんのうどん屋も手伝っていて、昼間は忙しいんだよ、こう見えて！　だから時間もないし――」

「勉強は、いつでも、たとえ何歳からでもできるわよ。そこに学びたい意志があるなら」

南雲の視線が、言葉を発した月森《つきもり》に吸い寄せられる。

ちょうど窓側を背にしていて、月森の背後にくっきりと月が浮かび上がっている。

夜を背景にした月森の美しさは、いつにも増して神秘的だ。

「だからあたし……、昼間ずっと仕事をしてるようなものだしさ……」

南雲の表情にヒビが入る。なにかを耐え忍んでいるようにも、見える。

「夜にやればいいわ」

このセリフを言うのに、これほど最適な人物はいない。

「夜に一人で。毎日少しずつでも」

南雲は唇を噛《か》んでうつむく。

「……高一で学校辞めたあたしが今さら勉強始めたって……笑われるだけだし」

「なおさら夜だろ」

今度は正太が言った。さらに続ける。

「夜ならなにをやっても、誰にも笑われない」

夜はすべてを受け入れてくれる。身を以《もっ》て正太は、知っている。

「勉強する場所が必要なら、ここがあるわ」

月森が南雲を誘う。南雲の顔もほころびかけて、でも。

「……いやあたし、部外者だから」

「卒業生よ」

「中退を卒業生って言わないよね」

「面倒臭いわね。じゃあ中退生でいいから」

月森《つきもり》は論理を無視した強引さをかます。

「美空《みそら》なら、きっと許してもらえる」

そこで南雲《なぐも》は、隠していた本当の気持ちを吐露する。

勉強を諦めたくない。大学受験に挑戦したい。

そうして南雲も夜の教室で勉強をする——なんて。

綺麗《きれい》な結末には、ならない。

そんな光り輝くきらきらした美しいものは、この夜に、なかった。

「でも夜になにをやろうがさ……最後に出歩かなきゃいけないのは……昼間じゃん」

「それって——」

脳裏によぎるのは、モノトーンの、まるで誰かに見つからないためのような格好《かっこう》をする、昼間の南雲だ。

「——昼間に……顔を隠していることと、なにか関係しているのか？」

はっ、と目を見開いた南雲は、でもすぐ諦めたみたいに目を伏せた。

「気になるよねー……そりゃ。あんまり言いたくない……いやでも」

——それで会えなくなっても仕方ないよね。

小さくささやいてから、南雲は話し始める。

「なんていうか、学校辞めてから、昼間はあの格好じゃないと外に出られないいんだ」

南雲の顔には能面のような笑みが張り付いている。

「昔の、高校の時に友だちだった子らに、見つかりたくない。今のあたしを見られたくない。……だって見下されるじゃん。落ちぶれたって笑われるじゃん。そう思うと……さ。堂々と太陽の下を歩くのが、難しくて」

日の光がない夜の世界で、彼女は言う。

「夜だと気にならないんだけどねっ！　どうせみんなはいないだろって、思えるから。昼間は学校行って部活行って塾に行って、そんで夜は家にいるんだろ、って」

昼は仮の姿で生きて、皆が寝静まる夜にやっと本当の姿を露《あら》わにする。

わかるよ、その気持ちは。痛いほど。

「まあなんなんだよって感じだよね！　夜も昼も変わらないだろって思うし！　……学校辞めた直後は引きこもりで昼夜逆転してたのが影響してんのかなぁ……」

あははー、と笑う南雲に、正太《しょうた》が言う。

「やっぱり引きずっていることが、あるんだな」

「だったら、なに？　さっきからすごい突っ込んでくるけど？　あたしの事情を知ってるの？　気持ちをわかってるの？　あたしは後悔もなければ勉強もしないって言ってるよね？　土足でずかずか入り込んでこられたらさ、あたしもイラってくるよ」

その瞳には、ついに怒りの色が浮かんでいる。

これ以上先へ行ったら、絶対元には戻れない。

それでもさらに踏み入る。夜の深みへ。

「俺たちも調べたんだ、昔のこと。だから事情は、ちょっと知ってる」

「勝手に人のことを……！」

南雲《なぐも》が机の上でぎゅっと両拳を握る。

「南雲といる時に声をかけてきた女子、いるだろ？」

それを言うと、怒りに満ちていたはずの南雲があっという間に泣き顔になる。

そう、彼女がまさしく、南雲が絶対に昼間に会いたくなかった元友だちで。

「ちょっと喋《しゃべ》ったんだよ。それで、伝言を預かってる」

「……伝言？」

――あの時はごめんね。また遊ぼう。

言っている最中に、はっきりとわかった。

南雲の表情に激情が迸《ほとばし》る。ああああああああ、と叫びながら立ち上がる。椅子が倒れた。

なにかが決壊した。闇に踏み込んだ。

「なんだよそれふざけんなっっっ⁉　前向いてんのかよっっっ⁉　いい思い出かよっっ⁉

ムカつくなムカつくなムカつくなあああ！　あいつらのせいでっ、あいつらのせいであたしはっ、こんな生き方してるのにっっっっっ！」

――一年生の頃、カンニング騒動があった。

化学のテストで、同じ特徴のある間違い方をしている生徒が複数出たこと、そしてその間違いを誘発させたと思《おぼ》しきカンペが見つかったことで、その問題が発覚する。

そのカンペの元は、南雲が自分の暗記用に作成したものだった。

南雲は本番でカンニングをしていない。なんなら自分は正答している。

作成者のため聴取は受けたが、彼女はカンニングそのものとは無関係——のはずだった。

その同じ間違いをした生徒たちが、口裏を合わせて南雲に罪を被《かぶ》せようとした。

これを使えとカンニングを促してきた。もしかしたら平均点を下げるためにやってきたのかも、と。

南雲がそこまでする理由はない。証拠もない。同様に、その生徒たちもカンニングの現場を押さえられたわけではなかった。よって最終的には、全員不問になったが。

「親が離婚したのも……あたしが学校を辞めたせいなんだよっ！　絶対……きっと……そうなんだ……！　なのにあいつらはのうのうと学校行って普通に生きられてんのかっ⁉後ろめたいとも大して思ってないのかっ⁉」

南雲は机に拳を叩《たた》きつける。蹴る。床を踏みならし、暴れる。

秩序だった教室を破壊する。

「でもそれもっ……あたしが悪いんだってわかってるんだよっ⁉」

感情を吐き出している。目に涙が滲《にじ》んでいる。

「あたしが折れちゃっただけなんだよっ！　別に……犯人にされたわけじゃない……処分もなかった……学校は、別に、続けられた……でも……だってさぁ……」

熱い吐息が漏れる。肩で息をしている。髪型が乱れ、崩れる。

「……あたしのメモをわざと書き換えたのは……友だちだったんだ」

涙は流さず、でもその声は泣いていた。

「あたしは地元のみんなと同じ学校に行きたくて。……そっから難関大学入ったら格好《かっこ》いいよなって……。お父さんが塾講師だったから……難関大に行きたくて。……高校生になったら本気出そうって。それで付き合いが悪くなったのが……ムカついたみたい……。だから困らせてやろうってメモを書き換えられて。……たまたまそれを別の子が暗記に使いたいって言うから貸した。それが横流しされて……」

もうずっとかさぶたになっていたであろう傷から、さらさらと赤い血が流れていく。

「別に……全部……イタズラとか、すれ違いみたいなものなんだよ……。カンニングを疑われた子たちも聴取にビビって……誰かのせいにしなくちゃって、焦って。みんな少しずつ悪かったよねって認め合えば……それで終われた」

迎合すれば、南雲《なぐも》が学校に通い続ける道もあったのかもしれないが。

「でも……誰も応援してくれてないんだなって。足まで引っ張られるんだなって。この学校から難関大学に行ったらみんなの自慢になるどころか、……ウザいんだな、って。それで……頑張るのはもういいやって、諦めたんだ」

出る杭《くい》は打たれる。はみ出す者は潰《つぶ》される。

「……もうドロップアウトした負け犬なんだよ、あたしは」

南雲は呼吸を整える。額に張り付いた髪をかき上げる。

そうだよな。だから、分相応に目立たず生きることが、大事なんだよな。

まさしくそうあるべきだって、実例じゃないか。

だから自分は分相応に——でも今の状態は、南雲に相応しいと思わなかった。

これは間違っている。

じゃあなにが正しいんだ。

「南雲が東大に行ったら、そいつらきっと悔しがって嫉妬するだろうな」

正太《しょうた》の頭の中に浮かんだ想像に、月森《つきもり》がまさか。

「ぷっ……ふふ」

と吹き出す。

「な、なんで笑う？　ここで？」

「だって……性格悪すぎでしょ、真嶋《まじま》君」

「……確かに。はは」

なぜか南雲まで笑い出す。ちょっと恥ずかしくなってくるぞ。

「あたしが東大に行ったら……そいつらを思いっきり見下してやれそうだけど」

「じゃあ見下して、復讐《ふくしゅう》してやれよ！」

正太はやけくそで言った。

「復讐って……そんな動機で東大を目指すなんて……」

「俺は、自分に才能がないってことを証明するために東大を目指してる」

「…………はぁ？」

「私は、真嶋《まじま》君に才能、つまり可能性がないというのは嘘《うそ》だと証明するために勉強を教えている」

「…………………おう？」

南雲《なぐも》が思いきり首を傾《かし》げている。

「……ねえ、美空《みそら》。あなたは今後いつ、自分が堂々と昼間も歩けるようになるの？　何年か経《た》って社会人として成功すれば？　それまでずっと、昼間は隠れて、自分の可能性を潰《つぶ》すつもり？　そんなのもったいない。そんなの私は……許さない」

月森《つきもり》の青みがかった瞳が燃えている。

南雲がたじろぐほど、その瞳には強い意志が込められている。

「ゆ、許さないって」

「ねえ、美空。私たちはまだ、あなたの気持ちを聞いていない。本当は勉強をして、受験したいんじゃないの？　あなたはここからでも始められるのよ。それにもし、美空が望むならば——私はあなたを必ず東大まで導ける」

月森という圧倒的な光に照らされて、

「どうしたい？」

南雲はなにを思うのか。

「……色んな理由を、探したんだよね……」

南雲の声は震えていた。

「……何度も考えたよ。……考え直したよ。……あいつらは関係ない。……これは自分の問題だ。……大学には行った方がいい。見返したい気持ちも……あった。でも……復讐《ふくしゅう》かぁ。復讐までは……思わなかったなぁ」

南雲はとても、いい奴《やつ》なんだと思う。

どんなものも全部自分のせいだと背負い込んで、自分を責めてしまうような人間だ。

だから南雲は、ちょっとくらい、悪くなっていいんだ。

恨んでいいんだ。

妬んでいいんだ。

夜くらいは、それを許せ。

「レッテル貼られて、ドロップアウトして。昼間まともに歩く自信を失って。……でもそんなあたしが東大に受かったら……全部ひっくり返して、全員見下してやれるかぁ」

それは夜からの、とんでもない下剋上《げこくじょう》になる。

南雲の顔はなにか憑《つ》きものが流れ落ちるような泣き顔で、でも確かに笑っていた。

「……目指してみるかな、東大」

それはきっと、南雲に必要なことだと思った。

「……いやでも現実的に、今から東大を目指すって……。ちょっと前まで高卒認定の勉強してたけど……」

「大丈夫よ。私がみっちり鍛えるから、この夜の教室で」

「で、でも部外者が学校に──」

教室のドアが開く。

突然のことに南雲《なぐも》がびくりと肩を跳ね上げる。正太《しょうた》も……知っていたのに驚く。

海老名《えびな》がつかつかとまっすぐ南雲の下へと歩いていく。正面に立つ。

「一年の時、学校を続けさせてやれなくて、すまなかった」

白衣の海老名は、深々と頭を下げた。

「せ……先生は悪くないよ……。だって海老名先生は一番熱心に……最後まで……あたしに辞めるなって言ってくれて……」

見る見るうちに南雲の目に涙が溜《た》まっていく。

「もう一度だけ……学校に通う機会を、こんな形だけど作らせてくれないか？」

「どうしてそんな……」南雲は状況に戸惑いながら、正太と月森《つきもり》の方をきょろきょろと見る。そして正太たちの表情を見て、なにかを悟ったように「……あ」と漏らす。

自分たちが南雲と出会ったのは偶然だ。

でもそのあと、夜の教室に呼んだのは？

そして今日も南雲を誘えと言ったのは？

『思いきり遠慮なし忖度《そんたく》なしで思ったことを言え』と手を回したのは？

『責任は全部わたしがとるから』と正太たちのブレーキを外したのは？

じゃないといくらなんでも、こんなに相手の心にずかずか入り込むようなこと、言えるわけがなかった。

説得なんて大層なことは考えていない。ただぶつけただけだ。夜の、自分たちを。

「学校、来いよ。夜に。で、勉強しろ。それでちゃんと、自分の中で区切りをつけて、ここを卒業しろ」

その瞬間初めて、南雲の塞き止《せ》《と》めていた涙がぼろぼろとこぼれ落ちる。

夜の教室で子どものように声を上げて泣く南雲のことを知っているのは、海老名と月森と正太だけだ。

それは夜の教室にいる人間たちだけの、秘密だ。

Date

「眠り姫先生の『本気の勉強』講座」

①『学力』の正体

勉強時間×単位時間当たり勉強量×変換効率（素質・状態）＝学力

これが学力の全てよ。
素質が全てじゃないし、時間をかければかけるほどいいわけでもない。
効率的な時間を過ごして、した分の勉強のうちどこまでを身につけられるか。
人それぞれ、自分にあった方法でそのかけ算を高めていくのがいいわね。
真嶋君の場合は、とにかく時間と時間あたりの勉強量を意識するといいわ。。

とにかくやる、だけなら向いてる気がするな。

②学校の授業態度

ただ聞くだけの、受け身の姿勢では授業の時間が無駄になるわ。
必要なのは主体的に取り組むこと。その授業時間で何を学べたか、常に振り返りながら受けるのがいいわね。

ちゃんと聞くと、それだけで意外と頭に残るんだな。

第三章

☽『一＋一＋一』

「今日から正式によろしくお願いしまーす！　押忍《おす》！」

正太《しょうた》と月森《つきもり》、二人がいる夜の教室に、南雲《なぐも》が入ってきた。

「……ちなみにこれ二人の甘い空間を邪魔してないよね⁉」

「ないわよ」と月森。

「夜の教室に二人だけって……なんかエロくない？」

「そんなことないだろ」と正太。

「邪魔じゃないならいいや。どこ座ろっかな～。真嶋《まじま》の二つ隣くらいがいいかな？」

南雲は東大合格を目指し、夜の教室で一緒に勉強することになった。

「家の手伝いもいきなりゼロにはできないけど、受験は全力で応援してくれるって」と家族の支えもあり、南雲は一日中勉強に集中できる体制になるらしい。

「さて今日は、美空《みそら》の力量も把握したいし、実力試しのテストから」

月森《つきもり》の提案で、国英数三教科の演習問題を実戦形式で行うことになった。

「真嶋《まじま》君も。隣に誰かいると緊張感が違うでしょ？」

確かに。今後はこういうやり方もよさそうだ。

「テストなんて高卒認定の試験以来だから……ドキドキするなぁ」

「南雲《なぐも》は学校を辞めてからも勉強はやってたんだっけ？」

「高卒認定の時やりすぎなくらい勉強したかなー」

「じゃあ、完全なブランクがあるってわけじゃないのか」

「現役には敵《かな》わないよー。お手柔らかに、よろしく！」

「そうだな。でも南雲はここから始めるんだから。まずは今の自分を出し切ればいいよ」

夜の教室の先輩（？）として少し偉そうなことを言ってみた。

「それじゃあ、始め」

月森の合図でテストが開始される。

四十分×三教科。そこそこ重量級の戦いになる。

しかしこれくらいの時間は集中力が続くよう、特訓もしている。

――勉強はベース九十分一コマ。もし集中が続くなら百二十分を目指すこと。

一般的な授業に比べ、一コマの時間が長い気がするが。

――東大の二次試験は一科目で最長、百五十分。その試験時間中に集中し続ける体力がいるわ。その対策を日頃からやるということね。

――ただし単純暗記系の勉強は、集中力が切れて変換効率が悪くなりがちだから、短く休憩を入れるか、他の科目の隙間がいいわ。勉強の種類と自分の適性を見極めて調整ね。目標とする試験の形式、また勉強の種類によって一コマの時間まで工夫するのが受験勉強だ。

最近、やっとその本質が正太《しょうた》も腑《ふ》に落ち始めている。

正太は問題に向き合う。

量から見て、制限時間はかなりタイトだ。

二列を空けた隣の席で、南雲も同じ問題を解いている。

さらさらとペンの走る音を聞くと、やはりヒリつく。

あらためて夜の教室は、不思議な時間だと思う。

教室は一つの集団を形成しているようで、一人一人ははっきりと孤立して存在している。

周囲の目は気になるくせに、つながっているようで、つながっていない。

でも夜に二人で並んでいると、そこには昼間は感じない連帯感がある。

夜に誰かと隣り合って、それぞれの課題と向き合うのは、とても心地がよい――。

「――採点が終わったわ。真嶋君、二百三十二点。美空、二百五十一点。勝敗をつけるなら、美空の勝ちね」

「え⁉」

「よっしゃー！」

「国語の要約、まだまだ甘いわね真嶋《まじま》君。余計なことを書きすぎ。部分点を稼ぎたい気持ちはわかるけど、あれもこれも書くと読み取れてないのが丸わかりよ」

「ちょ、ちょっと待って！　テストの問題……同じじゃないとか？」

「同じよ」

「た……ただの純粋な敗北……」

先輩面で「今の自分を出し切ればいいよ」は、振り返るともはや痛い……！

「今回は運がよかったかな？　ま、あたし本番に強くて点数上振れ傾向あるんだよね」

「……俺は本番に弱いタイプだから、本番はもっと下振れするかも……」

「たまたまよかっただけって言いたかったんだけど……」

南雲《なぐも》に気を遣われていた。

「美空《みそら》がここまでできるのは、嬉《うれ》しい誤算よ。もう理系科目の勉強に入っていける」

南雲は農学部や薬学部に進む生徒の多い理科二類を目標に定めていた。理系への憧れがあるらしい。

「あー、そっちは正直まだ全然で……」

「大丈夫よ。美空は丸一日を自習に使える特殊な環境にあるんだから。うまくやれば効率よく学力を上げられるわ」

「あ、お父さんの塾で受ける指導内容も今度教えるね」

南雲は月森《つきもり》のアドバイスに加え、塾も併用して受験勉強を組み立てていくことになる。

正太《しょうた》の塾の自習室利用もすでに始まっていた。特に土日は重宝しているし、これでもう夜に誰かに見つかっても「塾に行く」と堂々と言える。

光熱費の名目での支払い以外は無料なので、母の許可もすぐに下りた。むしろ「もっといい塾に行ってもいいのよ！　お父さんからもお金はもらうから！」と言われたほどだ。

テストの復習をやっていると、今日はいい時間になった。

「あのさー……」

帰り支度を始めている時、南雲が声をかけてきた。

なにやら言い出しづらそうにもじもじしてから、やがて口を開く。

「ありがとね、二人とも」

目を逸《そ》らし、南雲は頰《ほお》を掻《か》く。

「……あたしがここで勉強できるようにしてくれて」

「勉強すると決めたのは、美空でしょ？　私たちは場所を教えただけで。決めたのなら、この場所以外でも勉強できるわ」

「灯《あかり》には勉強の計画まで立ててもらって……」

「教えることで、私もより勉強になっているわ。特に東大の試験は物事に対する深い理解力と、それを説明できる表現力が求められている。そういう意味でもぴったりなの。私は私なりに、合格のためにこの環境を使っているんだから」

女子メンバーが増え、月森《つきもり》が上機嫌なのがわかる。

夜の不眠症の解消に向けても、一歩前進しているのなら嬉《うれ》しい。

「でも諦めかけてたのに……二人が説得してくれたから」

「それは、真嶋《まじま》君の手柄じゃない？」

「俺は……思ったことを言っただけで」

あらためて取り上げられると正太《しょうた》も照れる。

照れが伝染したのか、さらに南雲《なぐも》も顔を赤くする。

「とにかくものすごーく感謝してるから！　また学校に通えて、勉強できてることに！」

「いや俺も単純に、同じ東大を目指す人が近くにいて心強いから……」

仲間が増えていくのは、純粋に嬉しかった。

もちろん自分は……最後までは一緒に走れないのだが。

「……そういえば東大模試もあるな、今週末」

むずがゆい空気が続いていたので、正太は話題を変えた。

「あー、あたしは今回申込間に合わなかったからな〜。真嶋は頑張りなよ！」

六月以降、大手予備校による東大模試が順次開催される。東大の記述二次試験は独特の癖があるので、慣れのためにも何度も受けるよう月森から指示が出ていた。

「前にも言ったけれど、まだ本格的に東大二次試験対策ができていない今は、あくまで感覚をつかむためだから。点数は気にしなくていいわ。周りの温度感に触れてきて」

「ああ、わかった」

一人じゃ来られなかった場所へ、今自分はたどり着けた。

仲間がいる。

だから正太は、まだ先にある自分の限界に向かえる——。

『東大模試』

六月。梅雨入りしてじめじめする毎日が続く中、たまたま晴れ間の覗《のぞ》いた、日曜日。
バスと電車を乗り継いで、正太はターミナル駅に降り立つ。
普段は大きな買い物の時くらいにしか降りない駅だ。都会に出てきた感がある。
もちろん本物の大都会から見れば、比べるまでもなく小規模だろうが。
会場は、駅から十分ほど歩いた場所にある予備校の校舎だ。
今日のスケジュールは過密だ。
国語　九時～十一時三十分
数学　十一時五十分～十三時三十分
昼休み
地理歴史　十四時半～十七時

英語　十七時二十分～十九時二十分

本番は二日に分けられる試験を、今回は一日に詰め込む。当然超ハードだ。

目の前まで来て思わず「でかっ」と声が出た。

八階建てのビル一棟が丸々予備校になっている。地元の塾とは規模が違う。いったい何人の生徒が通っているんだろうか。

入口の自動ドアの前にはわざわざ警備員が立っていた。

広々としたロビーで手続きをして、階段で上へ。

途中で気になり、中の様子を覗《のぞ》いてみる。

自習室、だと思う。壁に沿ってずらりと机と椅子が並んでいる。部屋の中央にも大きな机が置いてあり、一度に大勢が着席可能だ。

席ごとについたてがあって、集中できる空間作りがなされている。なにより驚いたのは部屋自体の綺麗《きれい》さだ。高い天井に、白い壁。まるでＩＴ企業のオフィスだ。

休日なこともあってか、制服の人間は見えない。

私服姿の学生が、黙々と勉強に取り組んでいる。私語をしている人間はいなかった。

奥には過去問で埋め尽くされた本棚が見えた。ドリンクコーナーもある。ところどころに観葉植物まで置かれている。

勉強するのに最適な空間が、大勢の人で埋め尽くされている。

三年生だけでこの人数だろうか。流石《さすが》に二年生以下もいるか。いや、浪人生もいるじゃないかと、当たり前のことに思い至る。

偏見だが、藤隼《ふじはや》高校の同級生より圧倒的に勉強ができそうに見える。実際受験に力を入れている分、偏差値はきっと高い。

あまり勝手に見学も続けられないので、正太《しょうた》は模試会場となる教室に向かう。

「えーと……ここか」

張り紙を見ながら教室に入ると、席はすでに半分ほど埋まっていた。

正太は受験番号を確認し、教室の真ん中に位置する席に座る。

藤隼高校で東大模試を受けているのは正太だけだろう。見知った顔はいなかった。

シャーペンを二本机の上に置く。消しゴムも二個。それから腕時計を外して置く。

正面の黒板の上に掛け時計がある。振り返ると、真後ろにも掛け時計があった。

家から持ってきたペットボトルの水に口をつける。

——というか、本当にこれが全員、東大を目指している人間なのか？

この教室だけでおよそ六十名。教室は他にもあり、受験者は百人を優に超えるだろう。

藤隼高校で東大を目指している三年生は、たった二名。

だからなんとなく、勘違いしていた。

こんな地方から東大を受ける人間なんて、いないだろうと。受験者の多くは関東の大都市圏にいる人間ばかりだ、と。

だが、当然、当たり前に、東大を目指している人間が大勢いる。

顔の見えなかったライバルたちが、初めて実体を持つ。

ここにいるほぼ全員、自分より学力レベルは上のはずだ。

ちらりと隣の受験者を窺《うかが》う。

塾の教材と思《おぼ》しき、『東大対策』の文字がある本を読んでいた。

彼らはきっと、もっと恵まれた環境で、それにも甘えず努力をしている。

こんな思いつきで東大を目指し始めた人間とは違って、ずっと前から本気で勉強し続けている。

彼らに勝つ？

今さらちょっと勉強したからって？

馬鹿げた話だ――もちろんわかっているのだが。

限界はもう少し先にあると、調子よく思っていた。

だが案外、近いのかもしれない。

学校の中だけで多少順位が上がったからって、所詮井《い》の中《なか》の蛙《かわず》だ。

窓の外からは太陽の光がまぶしく差し込んでいる。

今は自分勝手に妄想できる夜じゃない。

ただ延々と現実が続く、昼の世界である。

「――始めてください」

監督官の声を合図に、問題の冊子を開く。
最初の科目は国語。
問題の冊子のページは二十ページを超えている。読むだけでも一苦労だ。
大問は四題。
第一問　評論（現代文）
第二問　古文
第三問　漢文
第四問　随想（現代文）
時間のかかる第一問を飛ばし、まずは古文・漢文から読み始める。
制限時間が長い割に、決して問題数自体が多いというわけではない。古文に関しても、問いは五題しかない。
しかしその分、問題は骨太だ。『現代語訳せよ』『説明せよ』と記述を求められる。細かく問題が分かれ、問題に沿って読み解いていけば全体がわかるようになっている……なんて甘い造りにはなっていない。当然、選択式の問題なんてなかった。消去法みたいにこざかしいテクニックは使えない。
だからなんとなく誤魔化《ごまか》して、それっぽく答案を作ることもできない。
ただ真正面から、問題にぶん殴られる。
そもそも解答を書くレベルに達していないと、弾《はじ》き飛《と》ばされる。

気づくと、全然解答が進んでいないのに、時間を大幅に消費していた。
ともかく埋めるだけ埋めろと言われている。なんでもいいから書け。書くんだ。
机に置いた自分の腕時計にズレがないか気になって、視線を持ち上げる。
自然と他の受験者が目に入る。
全員、脇目も振らずに問題に取り組んでいる。
視線を上げている自分だけが一人、会場で浮いていた。
慌てて問題に戻る。
カリカリと解答を書く音が聞こえてくる。
他の人たちはどんどんと解答を書き進めている。
自分だけ……完全な場違いじゃないか？
呼吸が苦しくなってくる。
文章の上を目が滑る。
集中できていない。いや、違う。そもそも集中力など関係なく、お呼びじゃないんだ。
自分は努力を積み重ねてきた？　誰と比べてだ？
この会場には小学生の頃からエリート教育の下で努力を積み重ねてきた奴《やつ》らがいる。
競争に勝って、勝って、勝ち続けてトップ校に進学した生徒がいる。
全国には一校で東大合格者を毎年百人以上輩出する、化け物じみた学校まである。
見せかけだけの、薄っぺらなメッキが剥《は》がれていく。

本気で東大に行く気もない偽物は、為《な》す術《すべ》もなく丸裸にされる。

ダメだ。まったく歯が立たない——。

☽『轟沈《ごうちん》、夜のピクニック、そして』

返却された東大模試は、その二文字で表現するしかないほど、惨憺《さんたん》たる結果だった。

そしてそんな日にかぎって、

「調子はどう？　そういえば真嶋《まじま》君、東大模試の結果そろそろじゃないの？」

海老名《えびな》が夜の教室に見回りに来た。

魂の抜けた正太《しょうた》から、海老名が結果の用紙を奪いとる。

「ええと、E判定・合格可能性二十％以下。それはまだ仕方ないとして、偏差値は……って三十！　低っ！　もう下には当日体調不良とかしかいないんじゃない？　しかも綺麗《きれい》にオール三十台って、なかなかの実力不足……あ」

「先生〜、ちょっとはオブラートに包んであげて〜」

南雲《なぐも》のフォローがむなしい。

「いいんだよ……。全部事実なんだから……」

最初の科目で頭が真っ白になって、そのまま立て直せずに最後までボロボロだった。

「轟沈……！」

問題の難易度もさることながら、なにより周りの雰囲気に戦意を喪失させられ、完敗した。

「真嶋《まじま》君、雑魚《ざこ》メンタルすぎない？」

海老名《えびな》は容赦がなかった。ドSがすぎる……。

「いくら学年三位で職員室の雰囲気が変わったと言っても、東大にゴーって感じではないから。次の関門も考えないとなぁ」

言うだけ言って海老名は教室を出ていった。

そのあといつもの夜の教室が始まったわけだが……。

「——真嶋君。いつもより進みが悪いんじゃない？」

帰り際だった。月森《つきもり》に指摘された。

今日は……ノルマの半分も参考書が進まなかった。海老名のトドメが効いたせいだ。

座る正太《しょうた》を見下ろす月森の瞳は、いつもより冷たい色をしている。

「あー……ちょっと今日は」

「模試は東大二次試験を体感するためで、成績は気にするなって何回も言ってるのに」

その通りなのはわかる。わかるのだが……。

「落ち込んでいる暇はないのよ。学力の公式を思い出して。勉強量が稼げず、時間を浪費しているようじゃ……」

「まあまあまあ！」

二人の間に南雲《なぐも》が割って入る。

「灯《あかり》の言うことはよーくわかるけど。真嶋のへこみもわかるよー。お前は最下位集団だって見せつけられるときっついよ。ってことで、一度残念会というか、気分転換が必要なわけですよ！」

明るい声を出す南雲が、ぱちんと指を鳴らす。

「みんなで一回……遊びに行かない？」

「普段は勉強の根を詰めすぎなんだから、たまには息抜きがいるよ！　まああたしも、せっかくできた夜友と遊びたいとは思ってたし？」

そんな南雲の提案に、月森がどう反応したかというと。

「夜友……夜遊び……行く！　行こう……！　すぐ……明日にでも！」

ノリノリだった。散歩前の犬みたいなテンションだ。

というわけで、翌日。

早めに勉強を切り上げ、三人で学校の外に出た。

「さあ、行くわよ！」

制服はすでに衣替えが終わっていて、月森は半袖シャツの上にベストを着ている。皆と同じ夏服なのに、どうしてか高貴なお姫様のように見える。

ただ、せっかく佇《たたず》まいは妖精なのに、背中の無骨な登山用リュックサックだけが不釣り合いだが。

「え？　今日、山に行かないよね？」と南雲《なぐも》。

「すごく楽しみにしているってことだと思う」

正太《しょうた》もだんだん月森《つきもり》の行動に慣れてきていた。

クールなようで、子どもっぽい。勉強に対する想《おも》いのように、熱く滾《たぎ》るものも併せ持っている。たぶん夜に住まう月森は、その真価をすべて発揮できていない。

ぽつんぽつんと街灯が照らす住宅街を、三人で歩いていく。

一人で先頭を行く月森が、リュックを背負ったままスキップする。

ふわふわとスカートが跳ねて、たまに色々と危うい。

「え……見えちゃわない……？　サービスしすぎ……。でも見たい……！」

正太の代わりに南雲がやたらと興奮していたので、冷静さを取り戻せた。視線が吸い寄せられそうになるのをなんとか踏ん張り、横にいる南雲を見る。

ところがそんな南雲も、大胆に肩を露出したサマーセーターにショートパンツと、露出度が高い。こっちはこっちでドギマギする……。

「ん、どうした真嶋《まじま》？　距離をとって？」南雲が不思議そうに聞いてから「あ！　美少女二人とデートだから意識してるわけ〜？」とけらけら笑う。

「で、デートじゃないだろ」

「でも両手に花の状況だろ〜？　デートと言わずしてなんと呼ぶ？」

南雲《なぐも》が体を寄せ、正太《しょうた》の腕を取ろうとしてくる。柑橘系《かんきつけい》のいい匂いがした。

「あれだよっ！　みんなで学校を出て……夜のピクニック」

とっさに出た単語に、南雲が吹き出す。

「ピクニック！　小学生みたいで可愛《かわい》い！　あはは！」

顔がかぁっと熱くなる。

「ねえねえ、灯《あかり》！　今日のイベント名『夜のピクニック』にしようって、真嶋《まじま》が！」

「そうは言ってない……！」

「いい響きね！　夜のピクニック！」

南雲が月森《つきもり》の下へ走ってじゃれ合う。美少女がきゃっきゃしているのは、もうそれだけで目の保養だ。動画にしてアップすればバズる自信がある。やらないけど。

しかしそんな二人がこうやって大手を振って町を歩けるのは、夜だけだ。

いくら街灯があってもやはりほの暗くて、本来華やかな二人の魅力もどこかぼんやりと陰に隠れてしまう。

二人は日の光の下で晴れやかに生きていくべき存在だ。

そしてそれは、東大に合格した先にあるのではないかと思っている。

応援したいという気持ちが、自然と湧き上がる。

二人はもっと先に行けばいい。

ずっとここにとどまるしかない、自分なんかとは違って。

四車線の国道沿いに出ると、車の量が増えた。

赤いブレーキランプがちかちかと光る。白のヘッドライトがまぶしい。

街灯に照らされたオレンジ色の歩道を、三人で歩いていく。

道沿いにあるファミレスが視界に入る。ガラス張りで、店内がよく見えた。

夜も二十一時を過ぎると、ファミレスにいる客層も少し変化する。間違っても親子連れはいない。若いカップル。男子だけ、女子だけで騒いでいるグループ。中年の夫婦だろうか、二人でお酒を呑《の》んでいる人もいる。一人でスマホを見ながら食事をしている人。コーヒーカップだけを机に置きノートパソコンを開いている人。

今度はカラオケボックスが見えた。店の前では、二十代くらいの男女グループが、お酒も入っているのか大声で騒いでいた。

それぞれが、それぞれの時間を過ごしている。その様子は昼とは異なる。

周りの誰のことも意識していない感じ。誰がなにをしていても気にしない感じ。取り繕わなければいけない昼を終えて、自分たちだけの夜を噛《か》み締《し》めている感じ。

そんな感じだから、自分たちも大きく道幅をとって歩いていける。

どこかお店に入ればいいのだが、やっぱり夜に高校生だけでは入店が難しい。

ということでコンビニに寄って、ホットスナックを買った。

夜の揚げ物は、罪の味がしておいしいんだ。

「コンビニのチキン……憧れだったの！」

月森《つきもり》がきらきらした目で、紙袋に包まれたチキンを掲げている。

「え、ちょっと待って。買い食いが初めてとか言わないよね？」

南雲《なぐも》がぎょっとした顔で月森に聞く。

「高校……じゃなくてもさ、中学の時とかさ」

「私の中学……私立だったんだけど……買い食いは禁止で」

「マジお嬢様じゃん……！　真嶋《まじま》、あたしら庶民の出だけど、お母様とお父様への挨拶の時大丈夫かな？」

「挨拶のタイミングなんてないだろ」

しかし中学が私立となると、なぜ今は普通の公立校にいるのか、謎が深まる。

以前から疑問だった。月森のスペックは県内でも悠々トップクラスのはずだが……まあ、中学の時からあの居眠り具合なら内申点が異様に低い可能性はあった。

闇夜を切り裂く高音とともに、バイクが走り去っていった。

内陸に向かう幹線道路に入り、さらに住宅街の道へと足を踏み入れる。

往路は国道沿いに進み、復路は大通りではない道を進むことにした。

特にこれといった行き先はない。ぐるっと回って、最後は学校に帰ってくるつもりだ。

「夜に遊ぶんだから、どこ行くか考えないとなー」と南雲は言っていたのだが、「ノープランでいいや」の結論になっていた。

目的なんてなくてよかった。だいたいの方角だけ把握して知らない道を歩きながら、ただ皆で話すだけで楽しかった。

「え⁉　真嶋って真面目君って自分から呼ばれにいってんの？　あたしはてっきり軽くバカにされているのかと……」

「バカにされてるわけないだろっ！　崇高なる真面目は最大限の褒め言葉だぞ！」

「怖っ⁉　真面目の熱怖すぎ⁉」

「その割に夜ふかしが好きで、夜の教室に勝手に入ってくるのよ」

「ヤバいよね、よく考えても、よく考えなくても」

「ぐっ……！　ヤバさで言えば、夜の支配者ごっこしてる月森も――」

「だからそれは言わない約束でしょ⁉」

「なになに⁉　聞きたい聞きたい！」

一人の夜道は、怖い時もある。

二人なら怖くはないけど、ちょっと不安な時がある。

でも三人なら、まったくもって無敵になる。

開けた場所に出たと思ったら、大きな公園だった。

周囲をぐるりと木が囲んでいる。大型遊具もあり、休日は親子連れで賑《にぎ》わっていそうだ。

「ねえねえ、せっかくだから隠れ鬼しなーい？　夜の公園でやるの楽しそうでしょ！」

そんな南雲の提案に。

「いいわね！　単純な遊びを高校生になってやるのが、ザ・青春で！」

月森《つきもり》は相変わらずのノリだ。体力は大丈夫だろうか……まあ明日は休みだからいいか。

じゃんけんで最初の鬼は月森になった。

「私が鬼ね。……誰が吸血鬼よっ！」

「灯《あかり》のノリツッコミが出た！」「自覚あるんだな……」

いーち、にーい……。

月森が数える間に、正太《しょうた》と南雲《なぐも》は走り出す。

ひとまず、滑り台と簡易な木製アスレチックが合わさった遊具の後ろに隠れる。

「なあ、一緒にいない方がいいんじゃないのか？」

「いやいや、灯が乗り込んできた時に二手に分かれれば、確実に生き残れるでしょ」

「……それは俺に囮《おとり》になれと言っているよな？」

「もち！　てか、灯の体力で追いつけないよね。いい具合に本気でかつ手加減しよう」

行くわよー！　と月森の声が聞こえた。

探し始めたはいいが、どうも見当違いの方向に走り出してしまったようだ。

「……そういや、このタイミングで……なんだけど」

遊具の木の板に背中をつけたまま、こちらを見ずに南雲が声を発する。

「ありがとうね、真嶋《まじま》。……戦ってくれて、さ！」

照れを隠すように、わざとらしく最後だけ声のトーンが上がった。

「おお。お礼は前もしてもらったよな？　……戦って？」

「塾の悪口言ってた奴《やつ》の件とか！　学校で色々調べてくれたりとか！　言わせせんな！」

暗くて表情ははっきりわからない。ただかなり、恥ずかしがっていそうな雰囲気だ。

「……勝手に悪いとは思ったけど」

「まあ蒸し返されるのは嫌だよ。でも、苦労しただろうなと思って」

「女子に話を聞き回った時は、変に思われたかもな……。友だちにも手伝ってもらったし」

顔の狭い正太《しょうた》をフォローしてくれたのは麻里《まり》だ。……今度奢《おご》らされることになっている。

まだ月森《つきもり》は姿を現さない。

南雲《なぐも》が夜空を見上げる。釣られて正太も視線を上げた。

「不思議だよね。あたしが学校に通っている間は、真嶋《まじま》と出会ってなくて。それなのに学校辞めてから、こんな風に出会えて。もしあたしが学校を続けてたら……それでも同じクラスになって、今ここで同じことしてんのかなぁ」

「どうだろうな」と言いながら、少なくとも同じ形ではないことを正太は知っていた。

だって昼の自分は、夜の自分とは違うから。

頭の中では黒一色のイメージがある夜空も、見上げてみればまったくそうじゃない。人工的な明かりのせいか、星の輝きのせいか、濃淡のある明るい黒をしている。

雲が浮かんでいる。そのずーっと上に星がきらめいている。空の奥行きを感じて、同時に自分の小ささを思い知る。

「……灯《あかり》、私立中学から、ここに来たって言ってたじゃん」

遠慮がちに南雲が口を開く。

「そこでなにか……あったんだよね。じゃないと今みたいには……」

夜の不眠症の話も含め、もう南雲も事情は知っている。

「手助けできることはしたいよな。……これも、ある意味そうだろ？」

月森は夜に満足したがっている。それですべてが解決するのかは、わからないが。

「まあね。……てか灯はどこ行ってんの⁉　遅すぎない⁉」

真剣な話は終わりだと言わんばかりに南雲がおどけた。

隙を見て、そういう話をしたかったんだろうという気がした。

だから正太の方からも一つ、話をする。

「あのさ。南雲は別に、東大じゃなくてもいいんじゃないのか？」

勢いで東大を目指せと正太は言った。でも別に他の国立や東京の私立でもいい気がする。

正太の問いに、南雲は先ほどまでより二段階くらい低い声で返した。

「……一番てっぺんから見下ろしたいじゃん」

暗く黒く笑う南雲が、闇の中に浮かび上がる。

「……うん、やっぱり一番上だよ。それより上がないって思えるから、もう見下されることがないんだって確信できる。二番じゃダメだよ、二番じゃ……うん」

ぶつぶつと自分に言い聞かせるように言っている。

――やっぱり、そうなんだな。

南雲《なぐも》も夜に抱えているものがある。じゃなきゃ、夜しか顔を見せて出歩けない南雲に、なっていない。

東大を目指すことが、南雲にとって必要なことで――。

「見～つ～け～た！」

「ぎゃー⁉」

心臓が飛び出るかと思った。いつの間にか月森《つきもり》が側《そば》にいた。

「二人で話し込んで気づかないってなにっ⁉　一人で公園一周して寂しかったのに……！」

公園を走り回って死ぬほど喉が渇いたので飲み物を買いに行く（月森は「私はもちろん持参してる」らしいが）。

近くに自販機もコンビニもなく、帰り道の方角に歩きながら探すことになった。

見つけるまでに意外と時間がかかって、大きく自宅方面に近づいてやっと白い光を放つ自販機を見つけた。小銭を入れて、ボタンを押す。

がこん。

静かな夜の通りに、ペットボトルが落ちる音がやたらと響いた。

「お二人さんは、そろそろ門限とか大丈夫なの？　灯《あかり》はいいんだろうけどさー」

「ええ、もちろん」

「俺も……今日は母親が仕事休みだけど、帰りはいつもと同じって言ってるから」

「――正太《しょうた》っ！」

突然。聞き馴染《なじ》みのある声がして、振り返る。

見慣れた顔……というか……。

「か、母さん!?」

「え、真嶋《まじま》のお母さん!?　マジ偶然……てかあんま似てない!?」

「真嶋君の……。一度きちんとご挨拶を……」

南雲と月森がなにやら言っているが一旦無視だ。

まさか、こんなところで出くわすなんて。

今日は仕事じゃなく人と会うと聞いていた。だから帰りが早い。正太は、自習室からの帰りは二十三時を回ると言ってある。……うん、なにも問題ないな。思わぬ場所で遭遇して、変に焦ったが。

「……ねえ、正太。塾じゃないの？」

母の息が少し荒い。まるで自分を探していたみたいで……いやそんなことはないか。

「勉強が終わって、みんなで気分転換をしていただけだよ」

「……そう」

母は正太《しょうた》から一瞬たりとも目を逸《そ》らさず見つめてくる。隣に月森《つきもり》と南雲《なぐも》がいるのに、まるで目に入らないかのようだ。

暗闇のせいだろうか、表情が異様に硬く、怖く感じるのは——。

「これは、なに？」

母が一枚の紙を掲げた。

目を凝らして、正太はそれがなにかを確かめ——あ。

「そ、れ、は……」

ぐるりと胃が一回転した。急に目がちかちかとしたのは、車のブレーキランプのせいか。

母と、もう目は合わせられなかった。

だってそれは、絶対に、絶対に、母にだけは見られてはいけなかった。

東大模試の成績表。

母は頻繁に正太の部屋に入るわけではない。だから置き場所まで気にしていなかった。

それでも机の中に入れていたはずだが……。いや、やたらめったら勉強中に取り出して、見て、また仕舞《しま》っていた。何度も。それで……最後……どうした？

「まさか、東大を受けようとしているんじゃないわよね？」

地獄の底から放たれたような、凍りついた声に聞こえた。

たぶん、様子がおかしいことに、月森と南雲も気づいた。「真嶋《まじま》君……東大を受けることをまだ……」「ど、どういうこと？」

正太は沈黙して、唾を飲み込む。

母は、普通ならここまで過剰反応しない。

東大でなければ。

父親が道を間違える原因になった、東大でなければ。

我が家にとっての分不相応を体現したような、東大でなければ。

こんなには――。

「帰るわよ、正太。もし通い始めた塾が唆しているなら、塾も辞めさせるからね」

告げられる。唐突すぎて、うまく反論もできない。

「じゅ、塾は……」

「ねえどうして？　当てつけなの？　あれほど分相応に行けるところに行きなさいって言っているのに。手の届く範囲で幸せを見つけられる人間になりなさいって」

それは、そのつもりなのだ。だから今自分がやっていることは、無能の証明で。

しかしそんな説明、まさか母に理解してもらえるとは思えない――。

「少しだけお話しさせていただいてもよいでしょうか」

月森が、正太より一歩前に出る。

そよ風に吹かれて長髪が揺れる。その横顔は気高かった。

「申し遅れました。月森灯《あかり》と申します。真嶋君の、クラスメイトです」

母が虚を突かれたような顔をしている。今やっと月森が目に入ったのかもしれない。

「……はい。はじめまして。真嶋正太《まじましようた》の母です」

「察するに、真嶋君の東大受験に反対されているようですが」

「反対もなにも今日初めて知りました。もちろんうちの子は受験しませんが」

じろりと月森《つきもり》の目が動いて、正太を見た。

言ってなかったのね、と目が語っている。

「真嶋君は、東大に現役で十分受かる可能性があると思っています」

「……あの。ただのクラスメイトさんがなぜそんなことを？」

「真嶋君と一緒に勉強をしています。そして、彼の努力と可能性を知っているからです」

「そう言ってくれるのは、嬉《うれ》しいことです。が、残念ですけど模試もひどい結果ですし」

「東大模試は例外です」

「……わたしには詳しいことはわかりませんが」

毅然《きぜん》とした態度を取る月森に、母も少したじろいでいるようだが。

「ただうちの子は、一般的な模試で偏差値六十もいかない、普通の子なんです。よく頑張ってはいますよ。わたしも知っています。でもその結果、今こうして藤隼《ふじはや》高校に通っていて、そこから目指せるのはよくて県立だと思いますから」

「真嶋君は、次の七月のマーク模試では偏差値六十を超えるはずです」

なにか、月森はとんでもなく勝手なライン設定をしている。

「……だからなんですか？　さっきから、随分色々と言ってくれているけど……」

「真嶋君は、東大に受かる可能性があるとわかってほしくて」

「可能性はありませんっ！」

叫びに近い拒絶は、これ以上話すことの無意味さを伝えるのに、十分だっただろう。

だが月森は折れない。その異常なまでの熱意で。

「……例えば、次のマーク模試で偏差値六十を超えれば、今の時点では東大を目指すのを認めるというのは」

「人の家庭の話に、適当に口を出さないでくれます？　これはうちの家の問題です。よそ様は関係ありませんから」

もう話す余地はないと、目の前で完全にシャッターを下ろす。

「正太、帰るわよ」

——悪い、また今度。そんな言葉を月森と南雲《なぐも》にはかけた気がする。

気づいた時には、正太は母と並んで歩いていた。

「……無謀な挑戦はわたしが許さないから」

闇の中で発された母のつぶやきが、正太の中に、染み込んでいく。


『手がかりと罠《わな》』

「……この間はお恥ずかしいところをお見せしました」

週明け。夜の教室に入るなり、正太《しょうた》は二人に対して頭を下げた。

最悪の形で母の逆鱗《げきりん》に触れた。

気まずい土日を過ごす羽目になり、三者面談の予定も急遽《きゅうきょ》早められてしまった。

「別に謝るポイントはないんじゃない？　ただ真嶋《まじま》のお母さん参戦、びっくりしたよー」

南雲《なぐも》はなんでもないことのように、いつものテンションで返してくれた。

「親に言っていなかったことは驚いたけれど」

月森《つきもり》の声は普段より冷たい気がしたが。

「……でも、真嶋君の元々の動機を考えれば、おかしな話ではなかったわね。東大に受からない証明のために勉強してるんだから」

理解はしてくれているんだと、ほっとする。

「とはいえ……ここでまだ勉強をするつもりなのでしょう？」

「当たり前だ！　まだ……俺の戦いは終わってない」

正太が言うと、月森は幾分ほっとしたように表情を緩める。

「そうよね。真嶋君は今順調に伸びている。伸びしろもまだまだある」

「とはいえ……やっぱり親は説得する必要があって」

「偏差値六十ね」

「それも勝手なラインだと思ったけどさ！」

「次のマーク模試……共通テスト模試で、宣言どおりそのラインを超えましょう。ここにたどり着けば、難関大に挑戦するレベルだと堂々と言える」

偏差値六十を超えれば、優に県立大学は狙える。また国立の東北大学も視野に入ってくる。無謀なラインだが、なによりわかりやすい基準である。

「……ただマーク模試って、七月入ってすぐだろ……。もう時間がない……。結局ダメなのか……！」

受験の天王山、夏はすぐそこに迫っている。

「なんか真嶋、情緒が変じゃない？」

南雲に言われる。だがすぐに月森が打ち消す。

「大丈夫よ。必ず私が、超えさせてみせる」

月森がメラメラと闘志を燃やしている。

「結果が、真嶋君には必要でしょう？」

「……ああ。結果がほしい。今はなによりも」

母を納得させるには、目に見える成果を出していくしかない。

学校の学年三位はもちろん喜んでもらえたが、それだけじゃ足りない。

まだここから、才能のあるなしの証明が始まっていく。自分が心おだやかな夜を取り戻すための戦いだ。

せめて夏はやり切って、それから進路を変えればいい。別に勉強したことは無駄にならないし。

そうやって——自分は夜の教室を去るのだ。

「試験問題とはなにか、という話をしていなかったわね」

月森《つきもり》が教壇に立ち、講義が始まっていた。

「二人とも、試験問題とはどういうものだと思ってる?」

「……試験問題は、試験問題というか」

「んー……受験者の学力を測る……ものさし、とかかな?」

「真嶋《まじま》君はもう少し考える癖づけをして。美空《みそら》の考え方は、一理あるわね」

……普通に怒られた。

「試験とは、コミュニケーションよ」

初めて聞く考えだった。

「学校の定期テストは、『学習した内容を理解できていますか』という会話。そして入学試験は『あなたは我が校が求める学力を持っていますか』という会話よ」

なるほど、言い替えればそうなるか。

「そこで重要となる考え方は、『相手を知ること』よ。

特に大学の入試の場合、学校が掲げる『ほしい学生像』は確認しておくべきね。

だってその大学が来てほしい人について声に出しているのよ? 入学したいのにそれを聞かないなんて、おかしな話でしょう?

なによりやるべきなのは、過去の入試問題の分析ね。どういう知識を持っていてほしいか、出される問題にははっきりとしたメッセージが込められている。

幸い、東大は専用の模試も多いから、理解は深めやすい環境にあるわ」

東大の過去問も大して確認していない……とはなかなか言い出せない。

「同時にもう一つ心に留めてほしいことがあるわ。それは『問題とは人が作ったものである』という意識よ。つまり問題の先には、『誰か』がいる。想像したこと、ある？」

正直、問題は無機質な文字の羅列としか見ていなかった。

「その『誰か』を意識しながら、この先を考えていきましょう。

問題があるということは、対となる模範解答がある。ただもしそれがあまりにもストレートな問い方だったらどうなるか。例えば『この用語を知っていますか』、『この公式を知っていますか』という問い方ね。それだと、一問一答か穴埋めよね。

高校で履修するべき学習範囲は定められているのだから、その形式だと一定以上学力のある人は全員満点を取れてしまう……当然これでは試験にならない」

問題文を通じて、誰かが自分に話しかけているところを、正太《しょうた》は想像する。

「だから問題で本当に聞きたい意図を、『ちょうどよく隠しつつ深く理解している人には見つけられる』よう、問題文の調整を行っているの。

前に受験数学力の分解で説明した、二『どの解法パターンかを見極める能力』の対象が見極めにくくなるよう細工をする、という話ね」

つまり、と月森《つきもり》は続ける。

「問題には『手がかり』と『罠《わな》』がある」

「ミステリー小説みたいだな」と正太《しょうた》が間の抜けたことを言うと「あながち間違いじゃないわ」と月森に肯定してもらえた。

「『手がかり』がない問題は、解答にたどり着けないから成立しない。

ただ『手がかり』だけだと簡単すぎる。だから『罠』が張り巡らされている。

例えば『罠』で『手がかり』を覆い隠したり。はたまた『罠』を正解に見せかけて、間違った答えに誘導したり」

正太の中でさらに妄想が進む。

問題の作成者たちが集まり会議をしている。ある知識を問うために問題を作りたい。光る『手がかり』を手にすればすぐ解答にたどり着ける。ただその『手がかり』を雑草の中に隠した。目の前に、ちょうどそれっぽく光る偽物の『罠』を仕掛けた上で。

「それじゃあ問題の奥にいる『誰か』つまり作成者がどう『手がかり』と『罠』を配置しているか考えながら、問題を解いていきましょうか」

――テクニック論寄りで少し早いかもしれないけれど、必要なことだから。

そう言われつつ、問題に取り組んでいく。

確かに、選択式の問題だと『罠』のオンパレードだった。

例えば英語の長文読解では、本文中で目につくわかりやすい単語が選択肢に含まれ『罠』になっている。しかし本来の意味を正しく理解できていれば『手がかり』を見つけられる。

これが問題を通じた、コミュニケーション。

ならば自分がコミュニケーションを取るべき相手は……誰だ？

東大ではなかった。

なぜなら東大に本当には行かないのだから。

じゃあ別の、志望大学か。県立？　いやもっと上を目指していいのか？

しかしまだ学内順位が上がっただけの人間に過ぎない。それでもっと上を考えるのは、それこそ分不相応な誤りを犯しているのではないか――。

「真嶋《まじま》君、これ練り直したプランだから」

月森から手渡されたのは、取り組むべき参考書と問題集のリストだ。

「今日は集中できていた？」

「……あ。うん、まあ」

今日も夜の教室が終わりを迎える。

「美空《みそら》より、進みが遅かったみたいだけど？　やらなきゃできるようにはならないわよ」

月森は詰問口調だった。

ちょうど南雲《なぐも》はトイレに行っていて、部屋には二人だけだ。

「……問題について、色々考えすぎたのかな」

目を合わさず、正太《しょうた》は問題集とノートを鞄《かばん》に仕舞《しま》っていく。

「この間も集中力を欠いていたし」

まったくの事実だ。でもわかりきった事実を他人から指摘されると、余計なお世話だと鬱陶しくなる。

「土日も進みが悪かったでしょ？」

「……親とも色々あったから」

その理由を出せば、それ以上は言ってこないと思った。

しかし、今日の月森《つきもり》は違った。

「真嶋《まじま》君。しつこいけど学力の公式、覚えてるわよね？　必要なのは勉強量よ」

自分から『真面目』を取ってしまえば、なにも残らない。

「わかってるよ。バカな俺はやるしかないって」

「バカなんて誰が言っているの？　そんな人、この世の中にはいないわよ」

月森から見える地平では、そうなのだろうが。

「実際、今の俺に社会、理科も含めて全部偏差値六十以上って……相当キツいだろ」

現状、英数国にかなりの時間を割り振っていた。

「まだ途上段階ではあるわ。でも大丈夫よ。そのために、順番を変えてマーク問題対策も始めたんだから。真嶋君なら……いや誰であってもできるはず」

誰でも……？　それは、本当か？

「東大模試であんなだった俺が？」

ネガティブな言葉が止まらなくなる。もちろん結果は出したい。本気なのに。

「真嶋君。いいかげんにして。模試の結果は今は気にしなくていいって言ったはずよ。余計なことを考えないで。プランを黙って遂行する」

自分が腑《ふ》抜《ぬ》けているから注意される。わかっている。だが頭ごなしに言われると——。

「私の言うとおりにすればいいのよ。そうすれば誰だって偏差値六十くらいは」

「いいいい、お前とは違うんだよっ！　生まれ持っての才能がある月森みたいな——」

ダサい逆ギレ。でもちょっと言い返したくなった。

たったそれだけなのに、月森はひどく傷ついた顔をする。

今にも泣き出しそうに。まるで叱られた子どもみたいに。それだけは言われたくなかったかのように。

なんだよ、これじゃあ完全な悪者じゃないか。

教室のドアが開く。南雲《なぐも》が帰ってきた。

「よーし帰ろー……って、あれ？　どうしたどうした？　二人で見つめ合って、なんかシリアスな雰囲気になってるけど？」

『夜の魔力』

翌日の夕方、月森《つきもり》からメッセージが届いた。

『今日の夜の教室、私は休むわ。また明日には行こうと思っているから』

こんなことは今まで一度もなかった。

もしかして昨日……言い合いになったせいか？

昼間の月森はいつもどおりに見えた。つまり眠りっぱなしということで、変わらぬ背中が見えていただけだ。

落ち込んでいた様子は……いやいや。ケンカにすらなっていない。多少お互いに強い言葉になってしまったに過ぎない。だからきっと、体調不良とか、そんなものだ。

『なんかあった？』とは南雲《なぐも》からも連絡がきたが『特になにも』と返信をした。

今日は南雲も家の手伝いで顔を出せる時間が短いらしい。ということで、最初から夜の教室を中止した。一人でいても仕方がない。

だから今日の夜の勉強場所は、家だ。

最近は土日も塾の自習室で勉強することが多かった。自室で夜にじっくり時間をとるのは、久しぶりだった。

母は最近仕事が忙しいらしく、平日は入れ違いになっている。おかげでぐだぐだ言われず助かっている。

さっと風呂を済ませて夕食を取った。

自分の部屋の学習机で、勉強をスタートする。

最近はメンタルが揺らいでいる自覚はあった。かといってマンガを読んだり、動画を観《み》たりはしないよう、余計なものは身の回りから排除している。ただ、手が動かない時間ができてしまうだけで。

遅れた分、今日挽回《ばんかい》しないと。

しかしそんな日に限って、躓《つまず》くのが勉強というやつだ。

問題集を見て数学の問題に取り組む。自力解答は諦めて解説を読む。……のだが、読んでも理解ができない。

式と式の間の省略された空白を、読み取れない。

この解答を理解できない時間が、一番キツかった。

『だからこうだって説明しているでしょ。全部書いてあげているじゃない。どうしてわからないの？』まるでそんな風に言われているみたいだ。

勉強に必要なのは『わからない』にとどまり続ける覚悟。

『できない』時間の積み重ねの先に、『できた』がある。

それは重々承知しているつもりだ。

でもやっぱり、思ってしまう。

この段階でわからなければならないはずの問題が『わからない』のに、いったいいつこれが『わかる』ようになるのか。

才能がない、自分に。

決意と覚悟だけでいったいなにができると勘違いしている？

凡人であること自体は、変わるはずがないのに。

証明はもうこの時点で終わってるんじゃないか？　時偶《ときたま》そう思う。

だってこの問題、月森《つきもり》だったら、すぐに理解しているはずだ。

仮に人の二倍の努力をしたって、人の二分の一しか理解力がなければ、結局はイーブンだ。

一日が二十四時間で、それが誰にとっても平等であるかぎり、逆立ちしたって、才能がある人間が努力するならば、一生勝てないのだ。

月森は戦えると、無責任にも宣《のたま》うが。

最終的に彼女が責任を取ってくれるわけではない。

今の正太《しょうた》は月森のやり方に、おんぶにだっこ状態だ。

それ自体に不満はない。

だって、そのやり方でも無理だろって言いたいんだから。

しかし実際に正太の証明が終わった時。ギブアップ宣言があった時。

月森からのアドバイスはもうないわけで、そのあとどう勉強をやっていくかは自分で考えなければならない。

東大を目指さなくなった自分を、もう助けてくれることはないだろうから。

下手をしたら、昨日で見捨てられているのかもしれない。

どこまでいっても他人の月森が、正太の進路の面倒を見てくれるわけではない。当たり前のことだ。正太が今頼っているのは、仮初めの関係なのだから。

――また、余計なことを考えている。

勉強をしよう。意識を参考書に戻す。

時計の針の音が耳障りだ。

文字の羅列が、無意味な記号に見えてきてしまう。

夜の静けさに、耳鳴りがしてくる。

ああ、なんだよこれ。

慣れ親しんだはずの夜が。

大好きなはずの一人の夜が。

自分を襲ってくる。

一人の夜に、飲み込まれていく――。

『面談』

今日は、放課後に学校で三者面談がある。

授業が終わると正太《しょうた》は学校を抜け、バス停まで母を迎えに行った。

「ねえ、正太。わかってるわよね？」

この時期担任と話さなければならないのは、当然進路の件だ。

だから三者面談の前に、まずは親子の間で意見をすり合わせておく必要がある。

でも正太は母と——今日までそれをしていなかった。

「うちは浪人までさせてあげられる余裕、ないし」

「……うん」

それはわかっていた。

母の苦労も知っているし、これ以上無理はさせたくない。

「最近頑張っているのは、知っているわよ。学年三位なんて、お母さんびっくりしちゃった。先生には、どこを目指せるって言われるだろうね？　やっぱり県立、かしら？」

「確実なところを狙いたいって言えば……たぶん」

「県立が確実なところって、すごいわよね」

高校受験で、公立の一番校にも行けなかった自分が県立に行ければ、十分な成功だ。

「いくらなんでも、これ以上ものすごくは伸びないわよねぇ」

現実的にはそうだろうし、自分自身もそう思っている。

「……ごめんね、もしやる気を挫《くじ》く言い方になっていたら。でも正太のことが本当に心配だから」

母が自分のためを思ってくれているのは痛いほどわかっていた。

だから反論ができないし、したくない。

「東大って、ねえ」

ついに母がその言葉を口にする。

「勉強だけで人生は決まらないし。それにほら、テレビで見たことあるわよ。東大に行っても勉強ばかりだった子は、社会に出ても活躍できないこともあるとか」

東大に行かなきゃ人生が終わるわけでもない。いや行くつもりはない。そんな現実からかけ離れた幻のような世界を追いかけて、人生を棒には振れない。

「地元の大学に行って、地元のいいところに就職するのも、悪くないと思うし」

まったくその通りだ。自分もそうしたいと思っている。

「もちろん東京に出て働いてみたいと言うのなら、応援するわ。……さみしいけど」

きっとそうはならない。

安全なルートに入った自分は、この町の磁場を抜け出せないだろう。

「正太は志望校をどこにしたいって、言うつもり？」

——今は東大にするつもり。でも東大が無理だってわかったらすぐ切り替えるから。

そんな説明は…………できなかった。

現実を見ずに幻想を追っていると勘違いされる。

そうじゃないのに。夢で飯は食えないことを、身に染みてわかっているのに。

夜に自分は囚《とら》われていない。昼を生きていくと決めている。夜はそのための『息継ぎ』時間に過ぎない。

やっぱり、今の手持ちの武器で説得するのは無理だ。

ただし、マーク模試で偏差値六十の実績があれば、話は変わってくる。

結果もついてきているから、もう少しやらせてほしいと言える。

今の時点だと塾も辞めろと言われ、夜間の外出も難しくなってしまうかもしれない。

突っ走って母と揉《も》めなくて正解だと思う。

幸い模試はもうすぐだ。そこで結果を出すから——。


『逃げちゃダメなところ』


「真嶋《まじま》君、そこは逃げちゃダメなところだったと思うよ」

夕日が差し込む、英語準備室。

密室の中で正太《しょうた》は、どこか線を引いたような態度の海老名《えびな》と向き合っている。

「言ったよね？　学校で東大志望と認められているかぎり、夜の教室を使っていい、って」

正太は三者面談で、志望校を県立だと担任に伝えた。

「で、でもそれはあくまで一時的で、すぐに」

正太は焦って口にする。

「うん聞いた。けどそれは、真嶋君は今東大志望者として学校で認められてないって意味だ。つまり」

その声色に感情がない。だからこそ、これは冗談ではないんだと理解できる。

「夜の教室は、出禁。今後勝手に立ち入ったら、しかるべき処分をする」

「いや、でも、親の説得のためには……」

「それは真嶋君が、ちゃんとやらなきゃいけなかった部分だ。仮に最後は見切りをつけて受けないつもり……だったとしても。もし東大に届きそうなら、受験する。そういう本気の覚悟があるから、わたしは認めていた」

取りつく島もなく、畳みかけられる。

「責任から逃げて、都合よくほしいものだけが手に入ると、思うなよ」

微塵《みじん》も反論できない。

どこかで甘えていた。結局やさしい海老名なら、事情を話せばわかってくれると。自分の都合を慮《おもんぱか》ってくれると、期待した。約束も守らずにだ。

「……でも……そうだ。月森《つきもり》さんと話をさせてもらって……」

なんとか縋《すが》れる余地がないかと足掻《あが》く。

その時海老名《えびな》の表情が、わずかだけ悲しげに歪《ゆが》む。

「月森《つきもり》さんも……期待していたと思うんだけどね、君に」

それから海老名は、月森の過去の話をほんの少しだけしてくれた。

中学時代も、月森は圧倒的な成績を誇り天才だと周囲に崇《あが》められていた。

ただ天才すぎたが故、次第に異物扱いされ、衝突してしまう。

お前は違う。

周りからそう突きつけられて、彼女は昼間の学校で起きられなくなった——。

なんだよそれ。

じゃあこの前自分が放ってしまった言葉は、月森が一番言われたくなかったものなのか。

もう見限られたかもしれない。

でもすべて、自分の責任だった。

裏切ってしまったのは、自分だ。

その日の夜、南雲《なぐも》からメッセージを受け取った。

『なにやってんの⁉　バカ！』

月森からはなんの連絡もなかった。

『変わることのない日常と変わりかけていた例外』

いつもなら勉強をして過ごす、昼休みの教室。

今日の正太《しょうた》はノートも教科書も問題集も開かず、ぼうっと席に座っていた。

「お？　真面目君が勉強をやってないの珍しくねえか？」

通りかかったクラスメイトの男子に声をかけられる。

「ああ、今日は……」

「いや、そういう時があっていいよ。勉強ばっかりやってて人生楽しいのかってオレは心配してたんだよ」

「なに目線で言ってるんだよ」と隣にいた別の男子が言う。

「真面目君を見てると、オレもやんなきゃって焦らされるからさー。サボってくれてると、オレも安心してサボれて嬉《うれ》しいぜ！」

「お前がサボりたいだけじゃねーか」

わはは、と笑いながら男子たちは離れていく。

昼間の教室を見渡してみる。

お喋《しゃべ》りをしている生徒、だらだらと食事を続けている生徒、スマホを触っている生徒。

みんな思い思いの時間を、楽しみながら過ごしている。

勉強に人生を賭けているほどの人間は、ここにはいない。

例外は、誰も近寄らない一人だけ断絶した世界で突っ伏す、月森《つきもり》くらいか。

昼間みんながわいわいと過ごす中、月森はひっそりと眠りに就いている。

彼女が輝くのは、夜だ。

普通の人々は家でゆっくり休んでいる。そんな時間に、世界で輝く人間は、誰も見ていないところできっと戦い続けている。戦いに伴う苦しみに耐えながら。

どちらの人間が幸せなんだろうか？

別にどっちが上も下もない。

それはただの、生き方の選択に過ぎない。

どちらでもいいんだ、別に。

月森とあの状態で別れたままはよくないと思って、話しかけるチャンスを窺《うかが》っていた。

しかしよくよく観察して、あらためてチャンスのなさに気づく。ほとんど眠っているのだから。

ただそれでも、トイレに行った帰りの月森に話しかけるタイミングがあった。

「なあ——」

手を挙げ、呼びかけた正太《しょうた》に、月森は反応せず、歩き去ってしまった。

怒っているのか。

昼間に話しかけるなと言われたルールが残っているのか。

単に眠くて注意散漫で気づかなかったのか。

理由はわからなかったが、昼間に話すことは諦めた。

まるで明るい空にうっすらと浮かぶ昼の月のように、そこにいるのに、いない。

夜じゃないと、彼女にはどんな言葉も届かない。

急に、夜の夢から覚めていく感覚があった。

ものすごく面白い夢を見ていた。でも目覚めてしまうと、その夢が儚《はかな》く薄れていく。確かに面白かったはずなのに。もっとこの夢を見たかったはずなのに。ぼんやり霧がかかったように内容が遠くなる。やがて、面白かったかどうかさえ曖昧になる。

今日は勉強をサボるか。

そう思った。

勉強をしないなら、帰ってからもかなり時間ができる。

なにをやろうか。なんでもできるぞ。

そうだ。気分転換にどこかに行くのもいいか。これはまた別日に予定を入れよう。

まだ受験までは長い。息切れしないようにしなきゃいけないし。

席を立つ。ちょうど教室に入ってきた麻里《まり》と出くわす。そこでふと思い出す。

「そういえば……、この前、映画に行こうってアベマリから誘われてたよな。観《み》たいけど一人で行くの嫌だしーって」

麻里がきょとんとした顔をする。

「うん？　ああ、言った言った。入場者特典ほしいから何周か必要なんだよねー！」

「一緒に行こうか」

「ホントに？　じゃあ二周目は正太《しょうた》ちゃんにお願いしようかなー！」

「いいよ」

やったー！　じゃあお礼にポップコーン分けてあげるねー！　いつものトーンでそんな返事がくると思った。ところが。

「………なんで？」

「え、なんでって……？」

麻里《まり》に誘われて、乗っただけだ。

「勉強忙しいから、無理なんじゃなかったの？」

「それは……」

誘われた時はそう言って断っていた。

「根を詰めて勉強しすぎかなと思ったから……」

「もし本当に疲れているなら、うん。それはいいねえ」

正太より身長の低い麻里が、上目遣いに睨《にら》みつけてくる。

「でもここ一、二カ月、正太ちゃんずっと楽しそうに勉強してたじゃん。今までと違って」

――楽しそうに？

「ノリで誘ったけどさー。もし勉強を投げ出して来るのなら、ちょっと嫌かも」

「嫌ってなんだよ」

誘ったのはそっちじゃないか。

なんでわからないかなー、と言いたげに麻里は頰《ほお》をぷくっと膨らませる。

「だって最近の正太ちゃん、ちょっとカッコよかったよ。……昔みたいに」

☽『夜ふかしの夜』

夕方帰宅して、食事の準備をする。軽い運動をして、風呂に入る。夕食を取る。

すべてをゆっくりやったはずなのに、まだ十八時だ。これじゃあ夜とも言えない。

自室に入り、最低限宿題には手をつける。しかしこれは大したものがなく、すぐ終わってしまった。

時間が余った。

ほんの数カ月前までは、毎日『夜の息継ぎ』時間を楽しく過ごしていた。

ひとまずパソコンを立ち上げて。ユーチューブを観《み》て。ツイッターをやって。スマホでマンガを読んで。ソシャゲをやって。ネトフリの動画も観て。深夜ラジオを聴いて。本を読んで。

やってもやってもやりたいことが出てきて、時間が足りなかった。

なのに今、どれかに手をつけようという気分にならない。

どれも最高に楽しいはずなのに、なぜか色あせて見えてしまう。

どうしてなんだろうか？

考えるまでもない。

あの夜。

彼女に、魔女に、出会ったからだ。

夜の教室には入れない。

だから彼女と再び面と向かって話すことはできない。

地元に残る自分と違って、彼女はきっと世界に羽ばたく。

再会することもないだろうし、彼女はすぐにでも正太《しょうた》のことを忘れてしまうだろう。

天才はこれからもっと色んな人に出会うだろうから。

それでも彼女が日の当たる世界に戻る手伝いが、少しでもできていれば嬉《うれ》しいとは思った。

またひとりぼっちにしてしまうなら心苦しいが、幸い今は南雲《なぐも》がいる。むしろ二人だけの方が女子同士で楽しくやっているかもしれない。

彼女との間に残ったのは、短くて長い夜の思い出だけだ——いや。

机の上にメモがあった。

手書きの、これから取り組むべき参考書と問題集のリストだ。

ご丁寧にどの順に取り組むべきか、その本をやる狙い、使い方のコツまでが書かれている。

解説がしっかり書いてあるものを選んでくれているので、一人でも自学できそうだ。書かれた指示に従って勉強を始める。

東大への道は閉ざされたと思うと、変なプレッシャーもなくなって、スムーズに勉強に入れた。

英語の長文を一題解く。

こんなものでどれだけ学力が上がるんだろうか？

勉強ってものは、学力ってものは、つくづく不親切だと思う。

ちゃんと能力が上がったのならパラメーターで示してほしい。

レベルが上がった時には、単語力が一上がった、文法力が一上がった、読解力が一上がったと、数値でわかるようにしろ。そうすれば、自分の目標に対しての進捗がよくわかる。どこをどう強化すべきか判断ができる。無駄な勉強もしなくていいし、コスパよく目標にたどり着ける。

試験っていう形式もどうかと思う。

実質的に一発勝負。もしその時だけ調子が悪ければどうするんだ。たまたま苦手なところが出ればどうするんだ。それも含めて実力。人はそう言うんだろう。でも調子が悪かった事実とか、たまたま苦手だった事実とかも、可視化して成績に反映してほしい。

不満しか思い浮かばない。

勉強が楽しいなんて喜んでいる奴《やつ》がいるのか？　勉強なんてなくなればみんな喜ぶんじゃないか。

嫌だ。やりたくない。投げ出したい。もっと楽をしたい。

それでも勉強をした。とにかく問題を解いた。

その時、思い出す。

——勉強は『短縮』できる。でも『省略』はできない。

そう彼女は、言った。

効率のよいやり方はある。無駄道をなるべく避けて最短距離を探す方法はある。

でも、やるべきなにかを飛ばすことはできない。

必ず通るべき道は通らなければならない。

つまりこの道は、きっと月森《つきもり》も歩いてきた道だった。

もしかしたら月森は目にも留まらぬスピードで駆け抜けたかもしれない。

でも歩んだ道は、同じだ。月森も踏破した場所だ。

きっと、自分は月森には届かないだろう。

でも空を見上げて、月に向かって歩き続けることはできる。

ふと、窓の外を見た。

まんまるで、信じられないくらい大きくて、黄金色に輝く、美しい満月だった。

太陽はまぶしすぎて直視できない。

でも月はずっと見続けられる。

だから人は月を見上げると、誰かを思い浮かべたくなるのだろう。

正太《しょうた》は勉強を続ける。

月森は勉強のやり方を懇切丁寧に教えてくれていた。細かなテクニックじゃなく本質的な考えを教えようとしてくれていた。

自分はこれからも、月森のやり方で勉強をできる。

その時だけはもしかしたら、これからも彼女とのつながりを感じられるかもしれない。

だから正太は勉強をする。


南雲《なぐも》からメッセージが届いた。

月森は夜の教室に登校して、勉強をしているそうだ。ひとまずほっとしたが、『さみしそうだけどね』と南雲は付け足していた。

事情を知った南雲からは『正直さ、その裏切りはないと思った』となじられた。

そのとおりだと思った。

『でも全然なんの根拠もないけど……真嶋《まじま》ならなんとかする。あたしは信じてるよ』

なにも約束できるものはなかった。

ただ正太は勉強をした。

集中して勉強を続けながら、合間の休憩では昔のことを思い出していた。

父は、子どもの自分から見ても子どもっぽかった。父親らしい説教とかそんなのはされたことがない。「これで遊ぼう」とか「これ面白いぞ」とか友だちみたいなことしか言ってこない。

自分の新しいビジネスアイデアを陽気に語っている。お酒が入ってくると好き勝手に専門用語も交えて喋《しゃべ》るからなんのこっちゃである。でも話を聞くのは、嫌いじゃなかった。

父の話が嫌いじゃないのは、母もだと思う。

昔はよく楽しそうに父の話を聞いていた。

母は夜仕事に出ている。深夜に帰宅して、昼間に家事をして、一人で家を守っている。ぐちぐちと父の文句は言っている。苦労させられているから当然だと思う。

でも決して離婚とかそんな話は匂わせたことがない。

自分はいつから、こんな真面目に慎《つつ》ましく生きようとする自分になったのだろうか？

麻里《まり》が言うように、昔はもう少し違っていた気もする。

もっと幼かった頃は、もっともっと自由だった。未来に希望しか見えなくて、自分に可能性しか感じていなかった。

大人に近づくにつれ、可能性が狭まった気がした。

現実を見るようになった。

でもそれが、大人になるってことじゃないのか？

中学の時、塾に通って公立で一番の高校を目指す話も家族内で一瞬だけ出た。でもそこまで勉強する気はなくて、その道を選ぶことはなかった。

中学時代は卓球部に所属していた。実は大会でそこそこいいところまで進んだこともあって、高校でも続ける道はあった。

でも上に行けても高が知れていたので、帰宅部になった。

利口な選択をしたつもりで、結局戦わない道を選んできた。

どうして今回も、今だけ東大志望で頑張りたいと母を説得しなかったのだろう。海老名《えびな》に条件を変えるような交渉を事前にしなかったのだろう。

やれることはあった。

でも戦いを挑まず、流されてしまった。

自信がなかったからだ。

あの時ああすればよかった。

どうしてこうしなかったんだ。

人生は後悔の連続だ。

なにもかも思いどおりにいかない。何度も選択を間違う。間違った問題が、また同じような形で出てくるのに間違う。

人生は勉強みたいだと思った。

間違い続けるふがいない自分を倒すためにはどうすればいいのか。

勉強しかなかった。

なにも世の中勉強だけがすべてじゃない。勉強できる奴《やつ》が偉いってわけじゃない。もっと色んな方法で幸せになる道はある。

でも自分は今回は、勉強で勝負するって誓ったはずだ。

だったら勉強しろ。

誰かに負けることは構わない。だって当然なんだ。

上には上がいる。東大は日本で一番かもしれない。でも世界を見渡せばもっと上の大学がある。そんな大学に飛び級する奴らだっている。そんな奴ら全員に勝たなければならないのか？　そんなことはない。そうなったら、人類で勝者は一人しかいなくなる。

勉強とは、自分との戦いだ。

受験とは、己を越える戦いだ。

他の誰に負けたっていい。

でも自分にだけは、負けるな。

やってもやっても勉強は終わらない。一つ問題が終わっても次がある。一冊問題集が終わっても次がある。

やってもやってもできるようになった気がしない。一つ『できる』ようになれば、また違う新しい『できない』ことが目の前に現れる。

嫌になる。面倒臭くなる。諦めたくなる。

そんな弱い自分は――消え失《き》せろ。

目の前の問題を倒す。倒し続ける。いつまでも出てくるのならいつまでも戦ってやる。

今何時だ？

深夜に差しかかっていた。でも止まりたくなかった。だから続ける。ちょっとおかしくなっているのかもしれない。

とにかく量だ。

学力とは『勉強時間×単位時間当たり勉強量×変換効率』だ。

やって、やって、やった分だけ力になる。

――勉強は『質』より、『量』だけを意識すればいいわ。

月森《つきもり》は言っていた。

――『量』はいつか『質』に転化するから。

数学の問題を一つ解き終わった。その時「あ」と思った。

問題集のページを遡る。

いつだったか、解説を読んでも理解できなかった問題が、なぜか、今なら。

「……やっぱそうだよな。うん、そうだ……」

わかる。

以前はわからなかった式と式の間の省略された空白が、今ならわかる。

なにかとなにかがつながって、頭の中がスパークする。

『だからこうだって説明しているでしょ。全部書いてあげているじゃない。どうしてわからないの？』

ああ、まったくそうだ。今ならわかるよ。

これがもしかしたら、量が質に転化する瞬間――？

月森《つきもり》がそういうことを言いたかったのかはわからない。

ただ、一つ言えるのは。

最高に気持ちいい、瞬間だった。

その瞬間だけとんでもない万能感に包まれた。

なんでもできる気がした。

自分は、無敵だった。

じゃあ、当然もう一度味わいたくなるだろ？

そのためにはどうすればいい？

勉強しかなかった。

夜が更けていく。

『模試当日』

七月、共通テストマーク模試当日。

朝から太陽の光が燦々《さんさん》と降り注ぐ、からりと晴れた夏日だった。

暑くなりそうで、間違っても夜行性の月森が出歩くべき日じゃない。

月森とは結局話せていないが、南雲《なぐも》とは何度かメッセージのやり取りをしている。

南雲も同じ模試を受けるらしい。ただ学校申込の正太《しょうた》と南雲は会場が別だった。

今日は一人で、決戦会場に向かう。

家を出て、コンビニで昼食用のおにぎりを購入。バスで駅まで行って、電車に乗り込む。

電車に揺られている最中、南雲からメッセージが届いた。

『寝坊してない？　体調は大丈夫？』

迷ったけれど、取り繕う余裕もなくて正直に返した。

『今電車だから大丈夫。……緊張して寝不足だけど』

『おい。早く寝ろってわざわざ前日にも送ったのに』

『布団には入ったよ。でも……寝付けなくて』

模試で結果を残せるのか、不安だった。

共通テストは時間との勝負だ。時間内に解答を終えられるのか。予想外の問題が出て詰まった場合、どこで見切りをつけるのか。マークミスをしたらどうしようか。

寝坊しないようにしなければ。目覚ましは念のため二つセットしている。初めて行く会場だがルートは大丈夫か……段々試験そのものとは関係ない部分まで気になった。

目が冴《さ》えて、寝なきゃ寝なきゃと思うほど余計に寝られなくなる。

忘れていた。

夜は楽しんでいる分には、自分に寄り添ってくれる。

だけど明日を意識しすぎると、逃がすまいと夜が引きずり込んでくるんだ。

余計な思考が湧き上がる。消す。また湧き上がってくる。

時計を見てしまった。まだ二十分くらいしか経《た》っていないと思ったのに、一時間も経過していた。冷や汗をかく。無為な時間を過ごした感覚が、さらなる焦りにつながる。

寝不足では明日に響く。ただでさえ試験時間が長いというのに。

目を瞑《つぶ》っても、開けても、夜は終わらない。

途中、眠れた気もする。

でも明け方も半分覚醒している時間があった。

朦朧《もうろう》とした意識の中で、正太《しょうた》はスマホを手に取り、一件メッセージを送った。

おそらく夜が明け始めるとともに眠りに就くであろう、月森《つきもり》へ。

『今日の模試、僕は偏差値六十取るから』

朝起きた時、なんでこんなものを送ってしまったのだと後悔した。

なんの宣言だ。

勝手に胸の中へ仕舞《しま》っていろ。

けどまあ、いいかと開き直る。

この日を目標に頑張ってきたんだ。それくらいは許してほしい。

会場の最寄り駅に到着し、電車を降りる。

『なんでそんなに緊張してんの？　中間テストもそんなんだった？』

南雲《なぐも》の言うとおり、おかしいと思う。

なんなら中間テストの方が色んなものが懸かっていた。勝たなきゃいけない切迫感があったのに、緊張しなかった。

外部模試だって何回も受けたことがある。今さらそれだけで緊張するはずもないのに。

一歩駅の外に出た瞬間、太陽光にやられてくらっときた。

目がちかちかする。ぐらぐら視界が揺れる。

不味《まず》い、と思った。

本当に倒れそうになった。

少し……休んでから行こう。

小さな公園が見え、足を踏み入れた。木陰のベンチに倒れ込むように座る。

鞄《かばん》からペットボトルを取り出し、お茶を飲む。

「ごほっ、ごほっ⁉」咽《む》せて咳《せ》き込《こ》む。涙目になる。

なんでただの模試を受けるだけでこんなにボロボロになっているんだ？

もはやバカらしくなって、ちょっと笑えた。

なにがこれまでと違うっていうんだ。

本気で勉強を始めて、中間テストで大勝負までして、東大模試では惨敗して落ち込んで。

これは自分の無能の証明という、挑戦なんだ。
勝てているかぎり行けるところまで行く。
負けたらそこで終わり。
簡単なゲームだ。リスクなんて別に……ないだろ。
もう夜の教室も失ってしまった。
月森《つきもり》と面と向かって話す機会もないかもしれない。
それは仕方がない。全部自分の弱さが生んだことだ。
負け犬な自分に、分相応な結末なんだこれは。
でも最後に、証明したいものがあった。
月森が教えてくれたことには、意味があった。
ちゃんと自分の糧になっている。その事実を、証明したかった。
それが自分なりの月森への感謝の証《あかし》だ。
これまで積み上げてきたものが無駄じゃないって——ああ、そういうことか。

努力が無駄になるのが、怖いんだ。

全力でやり切っていないうちは、いいわけが利く。まだ本気を出してないだけ、と。
でも全身全霊をかけてやり切ったあとはもうそのいいわけは通用しない。己の無能をた

結局傷つくのが怖かったのか。

だ思い知る。

分相応でいいと、よく自分を理解しているフリをして、結局傷つくのが怖かったのか。
頑張って、頑張って、結果が出るのならいい。
でも必死にやっても、そうならない時があるのを知っている。
それが本気であればあるほど、自分だけならまだしも周りも不幸にする。
そうなったら最悪だ。
自分の成績が上がらなければ、月森の時間まで無駄にしてしまう。
あんな才能ある人間の足を自分が引っ張っちゃダメなんだ。
――だったらここで諦めるのが正しいんじゃないのか？
不意に、そんな考えが浮かび上がる。
勝負からは完全に降りる。その意思表示として、模試を受けない。
敗北宣言をして、そっからまた勉強を始めたっていいだろう。
あらためて、分相応に。
根が生えたみたいにベンチに体が吸い付いている。
このままここで座っていれば、すべてが終わる。
それはとても楽なんだろうな。
一瞬は痛む。でもその一瞬で終わる。
ずっと長い痛みが続くより、もっとたくさんのものを積み重ねてから絶望するより、そっちの方がいいんじゃないのか。

悪魔のささやきが聞こえる。

闇の中に引きずりこまれていく。

人が諦めるっていうのは、こういうことなのかなと思えた。

いいじゃないか。それでもちゃんと、戦う気分は味わえたのだから。

日曜日のまだ朝早い時間帯。公園には自分以外誰一人いない。

陽射《ひざ》しがさらに強くなる。

公園の真ん中に白い影がゆらりと浮かび上がった。

寝不足で、目までおかしくなったのか。

風が吹く度、白い影が揺れている。風に、ゆらめいている。

白いワンピース。体に対して大きな麦わら帽子。きらきらと輝く色素の薄い長髪。抜けるような乳白色の肌。三日月形のピアス。

まるで昼間の月みたいに、本来そこにいない幻みたいに、可憐《かれん》で幻想的な少女が、正太《しょうた》に近づいてくる。それは地上に舞い降りた、天使か。

信じられないものを、見た。

「――月森《つきもり》？」

まだ信じられない。

どうして？　ここに？　学校申込の模試会場だから場所はわかるか。だとしても。

「この時間帯に……大丈夫なのか？」

「大丈夫じゃ……ないわよ？」

月森は薄く笑ったが、よくよく見ると、顔は真っ青だ。

「でも一言だけ……伝えておきたくて」

「む、無理するなよ……」

昼間の月森は薄く儚《はかな》く映る。今にも消えてなくなってしまいそうだ。

でもだからこそ、嘘《うそ》みたいに、綺麗《きれい》だった。

「真嶋《まじま》君が出会ってくれて……頑張ってくれて……本当に嬉《うれ》しくて……」

話す月森は肩で息をしている。右手でぎゅっと胸の辺りをつかんで、切実な吐息とともに、言葉を吐き出している。

ひどく無理をしているのがわかった。

この時間帯、この太陽の下、月森が出歩くのは相当な負担なんだ。正太まで苦しくなってくる。

「一緒に戦ってくれることが当たり前だって……甘えていたところがあって……」

それでも無理をして、正太が弱気になっていることを察して、励ましに来てくれたのか。

「じゃなくて……違った」

月森は首をふるふると振る。

自分の感情を打ち消すかのように。

手助けしようと立ち上がりかけた正太《しょうた》を留《とど》めるかのように。

月森《つきもり》は息を吸い込む。

同時に、冷たい風が吹き抜けた。

それは太陽が出る時間には似つかわしくない、夜明け前の忘れ物みたいに涼やかな風だ。

月森の苦しそうに歪《ゆが》められていた表情が引っ込む。曲がっていた背筋をすっと伸ばす。

まばたきと同時に、長いまつげが揺れる。青みがかった瞳が妖しく輝く。薄紅色の唇が微笑《ほほえ》む。

これまでで一番美麗な月森が佇《たたず》んでいる。

夜の匂いがした。


「君の努力はきっと報われる。

だから、頑張れ」


痛いくらいに美しい言葉を正太に差し出す。

そして明るい満月のような笑みを浮かべた。

その素晴らしく、耳触りがよい、感動的な言葉に正太は心動かされる――。

いいいいいいいいいい、なんてことにはならない。

言葉は、額面どおりには届かない。

だって自分たちの考え方は根本が異なっていて、相容《あいい》れないから。

自分たちの関係は、最初から間違っているから。

「俺が一番嫌いな、クソみたいな言葉だな」

足に力が入る。もう変な気持ち悪さも感じない。むしろ峠を越えた感じがする。

夜中眠くてしんどくなって、でもあるラインを超えてから逆に元気になるように。

正太《しょうた》はベンチから腰を上げる。

立ち上がって月森《つきもり》と相対する。

月森は笑みを深めて正太を見つめている。

太陽の下で、そこだけが、夜だった。

自分たちは間違っている。

だったら別に間違いっぱなしでいい。

正論なんて捨てろ。

正解は自分で作る。

「いってらっしゃい、真嶋《まじま》君」

「おやすみ、月森」

——俺と、君は、すれ違う。

☽『ザ・コミュニケーション』

試験とは、コミュニケーションである。

それを聞いて、思ったことがあった。

自分の欲することをはっきりと示す。

その上で、相手の欲することもわかろうとする。

相手から発されるシグナルの裏に隠されたメッセージまで読み取ろうと試みる。

人間は正直そうに見えて嘘《うそ》をつく。単純そうに見えて複雑である。それは別に悪意とか狙ってとかの問題じゃない。ただ人と人の間で絡み合っている。時には本人ですら自分のことがわかっていない。だから混乱する。

そういう前提を理解して、解きほぐそうとした上で、コミュニケーションを取ろうとしたことがあっただろうか。

土曜日の夜、「話がしたい」と母に言った。

母が温かいほうじ茶を淹《い》れてくれる。夕食が冷麺でお腹《なか》が冷えたのでちょうどいい。

母は仕事を掛け持ちしている関係もあって、休みが不定期だ。最近は正太《しょうた》も勉強のため外に出る機会が増えたので、こうしてリビングで向かい合うのはひさびさだった。

「それで、話って？」

母から促され、正太は一枚の用紙を差し出した。

この前受けた、共通テストマーク模試の成績表だった。

「母さん。偏差値、六十超えたんだ」

総合偏差値は六十・七。

第二志望にした、県立大学の合格判定はA判定が出た。合格可能性は八十％以上。

「すごいじゃない……！　毎日よく頑張ってるものね！　結果が出てよかった……！」

手放しで母は喜んでくれる。なんとも、むずがゆくなる。

これまで成績を見せることはあっても、小っ恥ずかしくて直接手渡したりしなかった。

「机の上に置いておいたから見といて」、そんなやり方ばかりだった。

「これである程度上のレベルの大学も狙えるんじゃない？」

第一志望に設定した大学がE判定であることは見えているのか、いないのか。

待っているだけで、自分に都合よく進むなんて思っちゃダメだ。

人はそれぞれに考えがある。想《おも》いがある。正義がある。

だから正太は、話し始める。

「俺……父さんのことが、嫌いだ」

母は特段表情を変えなかった。

「だっていくつになっても好き勝手やって。自分だけは東京に行って、普段傍《そば》にすらいなくて。金稼いでくるのかって言ったらそうでもなくて。母さんに負担ばっかりかけて。諦めて現実見ろよって。いつまで夢を見てるんだよ、子どもかよって、俺でも思う」

母はなにも言わずに、静かに正太の話を受け止めている。

「本当にバカだと思うし……。バカにされても仕方ないと思う」

こんなことを子どもに言われる父親にだけはなるまい。

「ただ俺は……父さんのことをバカにする奴《やつ》のことが、もっと嫌いだ」

母が意外そうに目を少しだけ見開いた。

「それは……自分でその道を選んだわけで。誰がどんな道を選ぼうが、他人には関係ないし。それが嫌いだとかダメだとかは、家族とか直接迷惑かかる人くらいしか言っちゃいけないと思う」

それは生き方の、選択である。

「母さんがよく言う……分相応な生き方って正しいと思う。地元の就職に強い大学に行って、堅い仕事に就いて。そうすればずっとここにいられるし、俺は安全だ」

母が自分にそんな生き方を強いていると、心のどこかで思っていたかもしれない。

「でもそれじゃあ――」

しかし母がそれを望んだのは、なんのためなんだ？

「母さんが大変なのは、変わらないと思うんだ。……俺は幸せになっても」

それはきっと、正太《しょうた》の幸せのためだ。

母は夜にお酒を出す飲食店で働いている。付き合いのため呑《の》まなきゃいけないことも多い。帰ってきても、なかなか昼まで起き出せないこともある。

それでも欠かさず正太の食事を用意してくれている。風呂掃除だけは任されても、それ以外の掃除や洗濯は全部やってくれている。

父がいない中、この家を守ってくれている。

「俺……父さんに言うよ。もう、帰って来いって。バカはやめて家に戻れって。今度は俺が夢を追う番だって」

父に引導を渡すのは、自分の役目なんだ。

そして自分の勘違いじゃなければ、父もどこかでそれを望んでいる気がする。

自分が夢を追う人間になれるよう背中で語っている……そう思うのは綺麗《きれい》すぎるか。

正太は決意を持って、はっきりと我が家でタブーとなっているその言葉を口にする。

「俺に、東京大学を目指させてくれって」

世の中に東大を受ける人間なんて何人もいる。

合格する人間だってもちろん何人もいる。

だから別に、そんな大それたことじゃない。

でも自分にとっては、とても重要なことなんだ。

「けど、浪人はしない。ちゃんと勝算があるって判定が出なきゃ、東大は受けない。だから全然……冬前に志望校を変えているかもしれないけど……。でも今は挑戦がしたい……させてください」

途中から怖くて、母の手元ばかりを見ていたことに気づく。

恐る恐る、視線を上げる。

怒りに満ちた顔があっても仕方がないと、思っていた。

だけど母はやさしく、笑っていた。

「………分相応に生きなさいって。手の届く範囲で幸せを見つけられる人間になりなさいって……変なプレッシャーになっちゃってたかもしれないわね。……反省ね」

母は溜息《ためいき》を一つ吐《つ》いてから、また笑った。

「情けないわー。……息子にこんなことまで言わせて。お母さんが……お父さんを甘やかしすぎたからかな？」

でも仕方ないのよー、一生懸命頑張ってるのは本当だから、これが惚《ほ》れた弱みってやつかしら？　などと母は続ける。

……親ののろけ話など聞けたものじゃなかった。むずがゆいどころじゃないので本当にやめてくれ。

「わたしたちは正太が幸せになれるのだったら、なんでもいいのよ」

そう感じられる部分は、たぶん日常にいくらでもあった。でもちゃんと、見ようとはしていなかった。やってくれることをただ当たり前だと思っていた。そこになにがあるか見ればわかったはずなのに。

「ただ……だからって東大である必要はないのよ？　正太《しょうた》が一番行きたい大学が私立なら、お母さんとお父さんでなんとかするから……」

「いや、東大がいいんだ。一番高いところに、挑戦したいから」

最近東大について調べ始めた。

そして知れば知るほど、いい大学だなと思える。好きになっていく。

日本の最高峰としての矜持《きょうじ》を持ち、生徒に様々な可能性の種を用意してくれている。

もし万が一、億が一、兆が一、東大に行けたなら、自分だって本当に、世界に羽ばたいていける人間になれるんじゃないか──いやいや夢を見すぎだ。じゃなくて、もっと単純な話なんだ。

「それに……行きたい理由も、あるし」

「行きたい理由？」

ぼそっとつぶやいてしまった言葉を拾われる。

「あ……や、やっぱり東京への憧れもあるし」

とっさにそれらしいことを言う。

いくらなんでも、まさか言えないだろう。

──誰かと一緒に通う姿を夢見たからなんて。

それは実現しない、幻だ。

「そう。……じゃあ早速お父さんに連絡しないとね！ もう即、帰ってこさせるから！なんならわたしが東京に乗り込んで引きずってきてもいいわね……！」

「い、いや仕事の都合もあるだろうから……」

ああ、そうだった。だから躊躇《ためら》っていた部分もあったのだ。

母はやると決めたら必ずやる性格の、元ヤンキーだったのだ……。

Date　・　・

「眠り姫先生の『本気の勉強』講座」

①受験数学力について

受験数学力は、『解法パターンの暗記』、『どの解法パターンかを見極める能力』『単純計算力』に分解できるわ。数学の問題を間違えた時に、自分が「解法パターンを知らなかったのか」「どの解法パターンかわからなかったのか」
「計算力不足か」を見極めて復習すると自分に今何が足りないかが分かるわね。
逆に、解法パターンを知らない問題の前でいくら頭をひねっても、それは無駄な時間になりかねないわ。

つまり、知らない場合は先に答えを見て解法パターンを覚えた方がいいってことか。それはなんか意外だな。

②実際の試験中

解き始める前に、まずは問題用紙全体を確認して、見直し時間の目星をつけること。
そして、頭から解くんじゃなくて解けそうな問題からしっかりと片付けていくことが大切よ。
そうしないと、序盤の解けない問題にたくさん時間を使って、せっかくの解ける問題に時間をかけられずにミスすることになりかねないわ。

まず解ける問題を解いていくと、気分もいいし集中できそうだな。

エピローグ

母の署名入りの進路希望調査票を再提出した。

担任からは受け取る際「目指すからには頑張れよ」と言ってもらえた。

そしてすぐに、海老名《えびな》に報告に行く。

一悶着《ひともんちゃく》あるかと思ったが、「ふうん、またちゃんと東大志望ってことになったんだ。なら使えば？」と素っ気ない態度で、夜の教室の使用を許可してくれた。

拍子抜けしたが、ひとまずよかった。

「あ、でも夏でなんか関門作らないとね。真面目な話、ここまでのラインはなんとかなるんだよ。こっからが伸び悩み始めるから。早めに引導渡して、志望校を変えさせてあげないとさ。もうわかったと思うけど――」

海老名は薄く笑いながら、でも金色の眼鏡の奥の瞳は、一切笑っていなかった。

「――わたし、甘くないからな？」

……やっぱりドSだ。

再び得た命は、結局短いのかもしれない……。

ねだろう。

夜の校舎を見上げる。

ひっそりと静まり返ったコンクリートの塊からは、人の気配が感じられない。

間違っても入るべきではない時間帯の敷地内に、正太《しょうた》は門を乗り越えて侵入する。

南雲《なぐも》からは『今日にかぎってちょい遅れる！　あたしのいない間にイチャコラしないでね！』と連絡が入った。なにを言っているんだろう。

闇に包まれた廊下を歩いていく。

外から入り込む光と非常灯で、最低限歩けるくらいの薄暗さにはなっている。それでも光が当たらない部分は、そこになにかが潜んでいても気づかないくらいに闇が濃い。

よくもまあ、初日はこんなところを進もうと思ったものだ。

普通に考えてやめた方がいい。身の安全の方が大切だ。

でもどうしようもなくあの日、夜の町に飛び出すしかなかったのだ。

そして偶然にも歩んだ夜道が、今ここにつながっている。

三年一組の教室が近づいてきた。

暗がりがよく見えなくても、前に進んでみれば、光が見つかることがある。

夜の教室に、明かりが灯《とも》っているように。

見つけた秘密の場所は、ひっそりと自分に寄り添ってくれる空間になるかもしれない。

はたまた、夜にしか出せない異様な熱の籠もった空間になるのか。

教室のドアに手をかけ、開く。
足を踏み入れる。
夜の教室で自分を待ってくれていた少女は、正太がなにか言うより先に口を開く。

「――おかえり」

今宵《こよい》もまた、君と勉強を始めよう。

了

取材協力：河合塾講師　守屋佑真《もりやゆうま》

あとがき

本書をお手に取っていただき、誠にありがとうございます。庵田定夏《あんださだなつ》です。

オリジナルの新作はひさびさとなりました。フレッシュな気持ちで頑張ります。

今回『受験勉強』をテーマに作品を書かせていただきました。

振り返ってみれば、私が大学受験をしてからもう十年以上の月日が経《た》ちました。

勉強していた内容を思い出そうとしてみても、そのほとんどは記憶から消え去っています（まるで身についていない）。

ただ受験勉強が役に立っていないかというと、まったくそんなことはありません。

大学生になった私は、なにを思ったか小説を書き始めるのですが、そのやり方のベースとなったのは、間違いなく受験勉強で身につけたものでした。個人的な感覚で言えば「受験勉強も小説を書くのも結局のところは一緒じゃない？」くらいに思っています。

その後の人生でも、色々な壁に出会うわけですが、自分の戦い方は、受験勉強で培《つちか》ったものが一つのベースになっているのだなと感じることが多々あります。

まあそんなわけで、大学時代は小説にかなりの時間を割いていた私は、授業はというと、「単位を取れればいいや」という大学生あるある丸出しの態度で臨んでいました。

そして今、猛烈に大学で勉強をしたくなっています。

数年間、しかも決められた内容ではなくある程度自由に、勉強だけをやっていて許されるなんて、どれだけ貴重で素晴らしい時間であるのか、過去の私を捕まえて小一時間は説教してやりたいくらいです。

でもだからといって、後悔はありません。

結局あの時はあの時で、小説の「勉強」をしていたんだと思います。

そしてたくさんの経験を経た今だからこそ、やっと自分の中から「勉強をしたい」という気持ちが生まれているのだと思います。

それに、勉強を始めるのに、遅すぎるなんてことはきっとないのでしょう。

ともすれば「もっと昔から勉強をしておけば」と後悔をしがちですが、人生死ぬまで勉強と考えれば、まだまだ長い時間が、むしろ長すぎるほどの時間があるはずです。

さらに言えば、「なんであんなことに時間を費やしていたのか……」と頭を抱えたくなるような過去のできごとも、何年か経《た》ってみれば「それも一つの勉強だった」と思える瞬間がくるのではないでしょうか。

焦らず、かと言って歩みを止めるわけでもなく、毎日少しずつでも「勉強」をしていけたらいいなと、やっとこの歳《とし》になって素直に思えているのでした。


謝辞です。

推薦コメントをお寄せいただいた燦々《さんさん》SUN《さん》先生、三河《みかわ》ごーすと先生。

ライトノベルの最先端を走ると言っても過言ではないお二人に、まさかコメントをいただける機会があるとは思っておらず大変感激しております！　お忙しい中、本当にありがとうございます！

取材協力をはじめ、多大なるご助力をいただきました、河合塾講師・守屋佑真《もりやゆうま》先生。

大学受験には独学で臨み、なんとなく「塾よりも独学が効率的だよね派閥」だった私ですが、先生のお話を伺ううちに「塾もいいもんだな」と心変わりするようになりました。学生時代に先生の授業を受けてみたかったです。先生からいただいたヒントは作品中にいくつも活用させていただきました。この場を借りて、お礼申し上げます。

（※なお、読者の皆様に対しては、本作に登場する勉強知識は、作者独自の解釈が入ったものであることを申し添えておきます。もしなにか至らぬ点がありましたら、それはすべて作者の責任です）

美麗なイラストで作品を彩ってくださったニリツ先生。

見つめられるとドキッとしてしまう素敵なヒロインをありがとうございます！　彼女の視線を感じると、背筋が伸びて真面目にやらなければという気にさせられます……！　イラスト負けしないよう頑張ります！

本作のテーマを書くきっかけをくださった担当様。

いつかやりたかったテーマを形にする機会をいただき、感謝しております。諸々ご迷惑をおかけすることも多々ありますが、今後ともよろしくお願いいたします。

その他、まとめてしまい恐縮ですが、本書に携わったすべての皆様にお礼申し上げます。皆様のお力添えがあって、本書を世に送り出すことができました。

最後に、本書をお読みいただいた読者の皆様へ最大限の感謝を。

二〇二二年　四月　庵田《あんだ》定夏《さだなつ》

MF文庫J

僕たち、私たちは、『本気の勉強』がしたい。

2022年 5月25日 初版発行

著者 庵田定夏

発行者 青柳昌行

発行 株式会社 KADOKAWA
〒102-8177 東京都千代田区富士見 2-13-3
0570-002-301(ナビダイヤル)

印刷 株式会社広済堂ネクスト

製本 株式会社広済堂ネクスト

Printed in Japan ISBN 978-4-04-681480-7 C0193

本作はフィクションです。実在の人物・団体等とは関係ありません。
法律・法令に反する行為を容認・推奨するものではありません。

【ファンレター、作品のご感想をお待ちしています】
〒102-0071 東京都千代田区富士見2-13-12
株式会社KADOKAWA MF文庫J編集部気付「庵田定夏先生」係 「ニリツ先生」係